HONORÉ CHAMPION

13 Janvier 1846 — 8 Avril 1913

HONORÉ CHAMPION

13 Janvier 1846 — 8 Avril 1913

HONORÉ CHAMPION

13 Janvier 1846 — 8 Avril 1913

par MM. PAUL ACKER, JACQUES BAINVILLE, ANDRÉ BEAUNIER, FERDINAND BOUCHÉ, ABBÉ CHALROS, ÉMILE CHATELAIN, DORNAC, H.-G. IBORNM, A. HAMM, JOANEZ GILLE, L. RAYMOND LÉCUYER, ABEL LEFRANC, JEAN LONGNON, D. A. LONGUET, CHARLES MAURRAS, FRANCIS DE MIOMANDRE, E. PAILLARD, ALFRED PEREIRE, ÉDOUARD ESTER, ANDRÉ HAMEL, LAURENT TAILHADE, JÉROME ET JEAN THARAUD, HENRI WELSCHINGER.

HONORÉ CHAMPION

13 Janvier 1846 — 8 Avril 1913

par MM. PAUL ACKER, JACQUES BAINVILLE, ANDRÉ BEAUNIER, FERDINAND BOUCHÉ, ABBÉ CHALBOS, ÉMILE CHATELAIN, DORNAC, H.-G. FROMM, A. HAMM, IBANEZ, CH. L., RAYMOND LÉCUYER, ABEL LEFRANC, JEAN LONGNON, D.-A. LONGUET, CHARLES MAURRAS, FRANCIS DE MIOMANDRE, F. PAILLART, ALFRED PEREIRE, ÉDOUARD RAHIR, ANDRÉ RAMET, LAURENT TAILHADE, JÉROME ET JEAN THARAUD, HENRI WELSCHINGER.

☩ M

Vous êtes prié d'assister aux Convoi, Service et Enterrement de

Monsieur Jean-Baptiste Honoré **Champion**,

Libraire-Éditeur
Expert près le Tribunal Civil de la Seine,

pieusement décédé le 18e Avril 1913, en son domicile, Rue
Jacob, N° 30, à l'âge de 67 ans,

Qui auront lieu le Vendredi 18 courant, à Midi très-
précis, en l'Église Saint-Germain-des-Prés, sa paroisse.

De Profundis !

On se réunira à la maison mortuaire.

De la part de Madame Honoré Champion, sa veuve ;
De Mademoiselle Marie Champion, de Monsieur et
Madame Pierre Champion, de Monsieur Édouard
Champion, ses fils, fille et belle-fille ;
De Monsieur et Madame Sichault et leurs enfants,
de Monsieur et Madame De Rumeur et leurs enfants, de
Monsieur et Madame Piévost et leurs enfants, de Monsieur
et Madame Lechevalier, ses sœurs, beaux-frères, belles-sœurs,
neveux, et nièces,
Des familles Gérard, Chabrier, Dadier et Smith.

L'Inhumation aura lieu au Cimetière Montparnasse.

Les invitations feront de Fontainebleau, 11, Rue de l'Orme, Maison Henri de Durand.

Madame Henri Champion

Mademoiselle Marie Champion

Monsieur Pierre Champion

Monsieur Edouard Champion

DISCOURS

PRONONCÉS AUX OBSÈQUES

Discours de **M.** Emile Chatelain, *membre de l'Institut,*
Conservateur de la Bibliothèque de l'Université,
Secrétaire de l'Ecole pratique des Hautes Etudes,
Directeur de la Revue des Bibliothèques.

La mort d'Honoré Champion n'est pas seulement un deuil pour la famille qu'il adorait, c'est une perte douloureuse pour les clients de sa maison : bibliophiles, érudits, bibliothèques, qui recouraient à son expérience, tant pour lui demander des conseils que pour se procurer des livres introuvables. Avec lui disparaît une figure assez rare dans l'histoire commerciale de notre temps. Honoré Champion avait dû faire, dès l'âge de 13 ans, l'apprentissage de la librairie dans une maison adonnée spécialement aux productions des provinces. Pendant vingt années il compléta lui-même son instruction en lisant la plupart des livres qui lui passaient par les mains. Ayant appris ainsi l'histoire de son pays dans les moindres détails, il devint un ardent patriote, témoignant un vif amour et un profond respect pour toutes les grandeurs et toutes les supériorités de la France. Né sous de meilleurs auspices, il serait devenu un de nos plus savants bibliothécaires ; il en avait les qualités maîtresses : une excellente mémoire, la connaissance des livres et la passion du travail. Entre une librairie et une bibliothèque, la distinction est mince : le même mot les a longtemps désignées toutes deux. Journellement, Champion devait répondre à des demandes analogues à celles que formulent les travailleurs dans nos grands établissements ; et s'il avait pu dans sa jeunesse entrer à l'Ecole des Chartes ou conquérir des diplômes universitaires, il aurait dirigé avec compétence les acquisitions d'une de nos grandes biblio-

thèques : et peut-être serait-il devenu, sans provoquer les
sourires de l'Europe savante, administrateur de la Bibliothèque Nationale.

Lorsqu'il fonda une librairie, en 1874, il pensait sans
doute, comme tel libraire célèbre : *Sic quoque docebo*. Et en
effet, s'il achetait des livres, s'il en vendait, ce n'était pas
pour lui un commerce ordinaire ; il consentait à se séparer,
au profit d'un client, du livre qu'il avait jugé bon d'ac-
quérir parce qu'il lui reconnaissait une certaine valeur. Son
bonheur consistait à faire passer un manuscrit ou un incu-
nable dans l'établissement de l'Etat ou dans la bibliothèque
privée où il serait le mieux à sa place. Il était justement
fier quand il avait assuré aux collections de Chantilly la
possession d'un manuscrit égaré, ou procuré à la Sorbonne
une histoire inédite d'un collège de notre vieille Université.

Tant que dura le concours général entre les lycées, c'était
encore une de ses joies d'offrir, pour la distribution des
prix, quelques-uns des volumes de sa maison. Il ne man-
quait pas une occasion de se mettre en avant pour contri-
buer, dans la mesure du possible, au progrès des études et à
la gloire de l'érudition française.

Grâce à ses relations de plus en plus étendues, c'est lui qui
fut choisi pour rédiger le catalogue et procéder à la vente
de bibliothèques laissées par un certain nombre de savants ;
qu'il suffise de rappeler ici les noms de Charles Giraud, du
baron de Witte, de Jules Desnoyers. C'est avec une profonde
satisfaction qu'il touchait aux volumes maniés par de tels
possesseurs.

Quand, outre la vente des vieux livres, il eut les moyens
d'entreprendre des éditions, ce ne furent pas les entreprises
les plus lucratives qu'il recherch̀a, mais les plus glorieuses.
Si un Léopold Delisle ou un Siméon Luce lui confiait un
livre à publier, il l'imprimait avec une satisfaction aussi
vive que s'il en eût été l'auteur.

Pour être chargé de la vente des Publications de l'histoire

générale de Paris, il avait accepté des conditions qui ne souriaient pas aux concurrents. Enfin, on le vit s'attaquer à une publication colossale comme celle de l' « Atlas linguistique de la France », de Gilliéron, sans s'inquiéter des pertes possibles ou probables, malgré l'aide du Ministère, uniquement parce que Gaston Paris avait reconnu dans cet ouvrage une science nouvelle, la géographie linguistique, et que c'était un honneur de se risquer à l'imprimer.

Ayant acquis en 1905 le fonds de la librairie Bouillon, il devint ainsi l'éditeur de la Société de linguistique et de la Section des sciences historiques et philologiques de l'Ecole pratique des Hautes Etudes. Avec plusieurs revues fort estimées, il prenait alors le Recueil de travaux relatifs à la philologie et à l'archéologie égyptiennes et assyriennes, fondé par G. Maspero. Désormais la maison n'était plus limitée à l'histoire de France ; et c'est avec l'aide de ses fils, auxquels il avait assuré la solide instruction qu'il regrettait de n'avoir pas reçue, qu'Honoré Champion put poursuivre la suite de publications si diverses.

Déchargé, par ce pieux concours, des soucis de la comptabilité, il n'en travaillait pas moins assidûment à sa table, occupé de la lecture des catalogues, de la rédaction des siens, de la correspondance et surtout de la réception des clients. Beaucoup de ceux-ci regrettaient qu'un vieillard si honorable et si honoré de l'estime de ses contemporains n'eut pas encore reçu la récompense bien due à ceux qui, partis de rien, occupent une large place dans les relations commerciales de la France et de l'étranger.

Après cinquante-quatre ans de labeur acharné, vieilli avant l'âge, Champion dormait peu. Il se réveillait souvent la nuit pour se mettre au travail. C'est ainsi que mardi matin, à 4 heures, il corrigeait les épreuves de son prochain catalogue où figurent les livres de l'helléniste Bailly ; deux heures plus tard, une embolie subite l'enlevait à l'affection de sa famille,

Nous ne le verrons plus dans ce petit cabinet du fond de sa boutique, garni d'incunables et de reliures armoriées, orné de portraits des savants dont il était l'ami, accueillant les visiteurs de son bon sourire et les retenant longtemps par de charmantes causeries, émaillées d'anecdotes sur les érudits disparus ; mais le souvenir de cet excellent homme restera profondément gravé dans la mémoire de tous ceux qui l'ont connu.

Discours de M. Abel LEFRANC,
Professeur au Collège de France, Directeur à l'Ecole
pratique des Hautes Etudes.

Le vaillant travailleur, le parfait libraire, en qui revivaient les plus aimables, les plus saines traditions de la librairie française des siècles passés, nous quitte après un labeur ininterrompu de 54 ans, consacré tout entier au service de la science et de l'histoire de notre pays. Il s'endort, le bon éditeur, sa journée faite, non pas peut-être plein de jours, puisque son activité infatigable pouvait, certes, se prolonger encore, mais du moins plein d'œuvres. Nous ne verrons plus sa robuste physionomie. Nous ne le verrons plus, au fond de la boutique du quai Malaquais solidement campé devant son bureau, sa plume passée entre les doigts et ponctuant tous ses gestes, le lorgnon mobile, l'œil interrogateur, insatiablement curieux et parfois narquois, causant, discutant, critiquant, excitant son interlocuteur, et lui prodiguant les trésors de ses souvenirs d'un demi-siècle et de son érudition toujours vibrante. Nous ne le verrons plus : mais nous garderons pieusement et fidèlement, nous tous, ses amis, ses auteurs, ses clients, la mémoire de cette belle vie, qui vient de s'achever par une mort très douce, encore que si soudaine, et de cette figure inoubliable.

Honoré Champion était un vrai parisien de Paris ; toute sa carrière s'écoula dans le même quartier tranquille, près des rives de la Seine et de ses quais, chers à tous les amis des livres et de la beauté bien ordonnée. Il aimait sa ville d'un amour tendre et éclairé, et l'un des titres dont il restait le plus fier était celui de libraire de la Société de Paris et de l'Ile de France. Presqu'encore un enfant, il entra chez le libraire Dumoulin. Il ne rougit jamais d'avoir, comme il disait, « porté la balle ». Exact, actif, plein d'intelligence et d'entrain, il arriva peu à peu à devenir la cheville ouvrière de cette importante maison. C'est là qu'il prit le goût de la saine érudition, en suivant avec une attention, déjà clair-voyante et passionnée, les grandes publications de textes et de sources qui ont permis, depuis une soixantaine d'années, de refaire notre histoire. Aucune formation ne pouvait lui être plus favorable ; aucune ne pouvait mieux correspondre à son alerte curiosité, ni aux qualités de précision et de pro-bité scientifiques qui caractérisaient son esprit. C'est dans cette excellente librairie qu'il apprit à connaître une foule de savants et d'écrivains, parmi les plus en vue de l'époque : Guizot, Sainte-Beuve et tant d'autres dont il aimait à évo-quer les hautes figures et qui lui fournissaient la matière d'innombrables et piquantes anecdotes.

En 1873, « le docte Champion », comme se plaisait à l'appeler l'un de nos plus illustres écrivains, qui fut son ami, s'installa pour son propre compte et fonda, sur le quai Malaquais, la « docte » maison de librairie et d'édition qui, après quarante ans de vigoureux labeur et de loyale pro-duction, est devenue célèbre dans le monde entier. Que la boutique se soit ouverte sur le quai Voltaire ou sur le quai Malaquais, elle n'a jamais quitté les bords de la Seine ni leur magnifique horizon, le plus beau qui soit au monde, et c'est là, sur ces quais, témoins quasi millénaires de notre histoire, tout remplis des souvenirs de l'ancienne France en même temps que des bruits stridents et multiples de l'activité moderne, que tant de savants et de travailleurs, tant d'étrangers de marque vinrent le visiter. Tout ami sérieux de la science et de l'érudition de bon aloi était assuré d'y rencontrer l'accueil le plus cordial. Cet homme si occupé, et qui suffisait, par miracle, à une tâche énorme, semblait n'avoir rien à faire qu'à converser. A son gré, les visites étaient toujours trop courtes. C'est ainsi que peu à

peu se reconstitua, grâce à lui, nouveau Barbin, l' « officine » idéale du libraire d'antan, celle où l'on juge les
ouvrages et les auteurs, où l'on raconte, où l'on fait revivre
le passé, et, pour tout dire d'un mot, où l'on cause. Qu'on
n'aille pas s'imaginer après cela que les colloques de la
librairie Champion fussent de préférence consacrés à la critique des livres : personne n'admirait plus sincèrement,
plus ardemment que lui les œuvres qui paraissaient répondre
à toutes les conditions de la vraie science. Quiconque a eu
l'heur de l'entendre parler des travaux de Delisle, de Siméon
Luce, de d'Arbois de Jubainville ou de Longnon, pour ne
parler que des morts, sait avec quel enthousiasme communi-
catif il savait exalter le mérite des bons livres. Quand la
« Jeanne d'Arc à Domremy » de Siméon Luce parut, il
manifesta une joie touchante : je l'entends encore, au moment de l'apparition du volume, m'en détailler les révéla-
tions avec un orgueil dont personne n'eût été tenté de sourire en songeant qu'il en était l'éditeur. C'est qu'il éprouvait
une véritable fierté à publier de beaux ouvrages, non pas
pour les avantages qu'il pouvait en espérer légitimement,
mais pour les résultats scientifiques qu'il se croyait fondé à
en attendre. Il voyait en toutes choses le but, la fin utile ;
de là l'énergie bien connue de ses convictions et de ses
enthousiasmes. Son goût était averti et sûr, son intuition
toujours juste. Que d'auteurs dont il a deviné et pronos-
tiqué la carrière féconde ou brillante ! Chose digne de
remarque, il comprenait aussi bien les jeunes gens d'aujour-
d'hui, écrivains ou érudits, que leurs aînés. Ses admirations
n'étaient pas limitées aux hommes de sa génération.

A partir de 1873, se déroula chez Honoré Champion la
longue et brillante série de ses publications, de ses « Revues »
et de ses catalogues. Faire l'histoire ou simplement l'émuné-
ration des volumes qui virent le jour chez lui, pendant ces
quarante années, serait une tâche considérable et qui équi-
vaudrait à raconter, pour une part notable, les destinées de

l'érudition française durant cette période. Son catalogue de livres de fonds, mis au jour il y a quelques années, est là pour attester la grandeur et l'utilité de son effort. Il le considérait comme son plus beau titre et en même temps comme sa plus douce récompense ; et il ne se trompait pas en cela. Faut-il ajouter encore que son goût éclairé, sa connaissance remarquable, son flair surprenant en matière de vieux livres faisaient de lui le type du libraire complet et, si j'ose dire, du libraire idéal de notre temps ?

Et maintenant, il est mort ; il est mort après avoir goûté, depuis quelque dix ans, une double et bien grande joie : celle de se voir continuer par ses deux fils dans les deux directions entre lesquelles il avait partagé sa belle et robuste activité. Il put dire, comme Gargantua au couchant de son existence : « Je rends grâces à Dieu de ce qu'il m'a donné pouvoir voir mon antiquité chanue refleurir en leur jeunesse. » L'un a su déjà donner, à un âge où beaucoup débutent à peine, une série d'œuvres historiques définitives, d'une ampleur et d'une nouveauté vraiment remarquables ; l'autre, devenu son associé, a su apporter à sa maison une force et une expansion nouvelles. Nous savons tous à quel point il était fier de l'un et de l'autre. Que leur mère, la digne et vaillante compagne de l'existence d'Honoré Champion, que leur sœur, associée à ses travaux, et qu'eux-mêmes reçoivent, à cette heure douloureuse de l'adieu, l'hommage de notre sympathie profonde et émue.

Cher Monsieur Champion, dormez en paix ! Vous avez bien mérité des deux vieilles confréries auxquelles vous avez consacré votre existence : celle des libraires et celle des érudits français.

Discours de M. Édouard RAHIR,

Libraire de la Société des Bibliophiles François.

La librairie française est aujourd'hui en deuil. La disparition prématurée de Honoré Champion, l'un de ses doyens, est la perte la plus sensible qu'elle ait faite depuis la mort du regretté M. Claudin.

Si, parmi les libraires, beaucoup se font remarquer par leurs aptitudes commerciales, plus rares sont ceux qui, par l'étendue de leurs connaissances, par leur application constante aux affaires, par leur passion sincère pour leur profession, arrivent à s'imposer à tous et prendre une place prépondérante et incontestée. Champion était un de ceux-là. Il avait débuté jeune dans la librairie et, avec intelligence et travail, il avait rapidement appris ce que renfermaient ces nobles livres auxquels il avait consacré son existence. Après avoir quitté M. Dumoulin et s'être établi à son tour, sa librairie devint vite le rendez-vous des savants, des historiens, des curieux désireux de s'aider du savoir de Champion et de s'informer des ouvrages nécessaires à leurs travaux. Et leur espérance était rarement déçue.

Par là, Champion devenait un peu leur collaborateur et il en ressentait une fierté légitime.

A s'intéresser ainsi aux choses du passé, il devint plus sévère pour celles du présent ; et cela amenait parfois chez lui une certaine brusquerie vis-à-vis de ceux qui ne partageaient pas ses opinions et ses goûts. Mais comme il savait être aimable et bienveillant avec les autres !

Pour être utile aux travailleurs sérieux, Champion devenait un des éditeurs les plus actifs des sociétés d'études historiques et littéraires ; ses publications studieuses devenaient de plus en plus nombreuses ; et ces occupations nouvelles l'éloignaient des livres anciens qui restaient pourtant l'objet de ses plus chères affections.

Avant de mourir Champion aura eu la joie d'être assuré de la continuité de son œuvre. Il avait su faire partager à son fils Édouard l'affection qu'il portait à sa profession et en faire son associé, son collaborateur et son digne successeur.

Au nom de vos anciens confrères et amis, je vous adresse, cher Monsieur Champion, un dernier adieu. Des hommes de votre mérite honorent trop notre corporation pour que nous n'en ressentions pas vivement la perte. Puisse l'expression de nos regrets, adoucir la grande douleur de votre veuve et de vos chers enfants !

L'autre jour, dans leur tristesse, mes amis Pierre et
Édouard m'ont dit : « Vous étiez depuis dix ans le voisin
de notre père ; deux, trois fois la semaine, vous veniez le
saluer, lui dire bonjour en passant ; il aimait à vous voir
parce qu'il aimait la jeunesse et que son amitié pour les
livres s'étendait naturellement à ceux qui les aimaient
comme lui. Dites quelques mots d'adieu sur sa tombe. »

Je remercie bien vivement mes amis de leur intention
amicale. Mais ce n'est pas moi qui devrais prendre la
parole pour apporter au plus ancien libraire-éditeur de Paris
l'adieu des Lettres françaises. Un pareil soin revenait de droit
au contemporain, au vieil ami d'Honoré Champion, à
M. Anatole France. Ils se connaissaient de toujours,
M. France étant né sur ce quai Voltaire, ayant grandi dans
cette boutique aujourd'hui disparue qui, par la suite, fut si
longtemps le lieu où Honoré Champion développa son activité et sa prodigieuse connaissance des livres. Malheureu-
sement le Maître voyage en ce moment en Sicile, où la
nouvelle de la mort de son ami va se dresser devant lui
comme un cyprès au milieu des oliviers et des vignes. Lui
seul aurait su nous parler dignement de ce vieux Parisien
qui ne quittait la rue Jacob ou le quai Malaquais que pendant quelques semaines d'été pour se rendre dans sa petite
maison d'Aulnay, ou visiter une bibliothèque perdue au
fond de quelque vieux château de province ; lui seul
aurait pu nous faire sentir tout ce qu'il y a de fantaisie
dans la vie en apparence monotone d'un libraire que
d'immenses lectures ont entraîné dans le passé ; lui seul

2

aurait pu nous peindre, avec ses vraies couleurs, cette savante maison Champion qui n'a jamais publié un seul roman et qui pourtant a mis au jour ce qui a paru depuis un demi siècle, en France, de plus vivant et de plus romanesque, je veux dire les études sur l'histoire et la littérature françaises rédigées par les érudits ; lui seul enfin aurait pu nous donner une idée de son amour des livres, qui n'était ni poussiéreux, ni aride, mais jeune et vivant, et s'étendait des textes du moyen âge aux manuscrits de Stendhal et de Verlaine. Et je ne doute pas qu'en ce moment il ne le place au milieu de ses anges dans quelque bibliothèque du Ciel.

Maurice Barrès, qui lui aussi avait une vieille amitié pour Honoré Champion, aurait voulu exprimer toute la reconnaissance que la vieille France provinciale doit à l'éditeur de tant d'ouvrages sur la vie de nos provinces, d'où est sortie une vue plus nette de l'histoire de notre pays ; il aurait voulu saluer, dans le patriote qui fit son devoir à Champigny, presque un compatriote, presqu'un Lorrain, puisque c'est d'un village d'Argonne que M. Champion ramena à Paris la jeune fille qui devait être la compagne dévouée de sa vie. Mais lui aussi est en ce moment retenu loin d'ici, et il n'a pu envoyer à nos amis qu'une lettre remplie de la plus affectueuse émotion.

Pour moi, je ne puis parler d'Honoré Champion qu'en jeune ami et en voisin ; je ne puis lui apporter que l'adieu des vieilles maisons, des vieilles rues, des vieilles pierres de notre quai. Il était parmi elles un passant familier ; plus qu'un passant, un personnage qui leur était attaché par ces liens mystérieux qui relient parfois si fortement les choses inanimées aux hommes. Ce vieillard, qui paraissait un peu plus que son âge, représentait sous le ciel de Paris beaucoup des choses que ces pierres elles-mêmes, ces vieilles maisons, et tout ce qui s'élève un peu vers le ciel, représente si noblement. Il avait leur air digne et ancien, familier et réservé, leur gravité et leur sourire. Il portait en lui beaucoup de leurs souvenirs et de leurs secrets. Il avait vu tant de choses, dont elles aussi, depuis un demi-siècle, avaient été les témoins ! Choses tragiques le plus souvent, mais dont, pas plus qu'elles, il ne gardait rancune à la vie. Il était l'homme d'un quartier : c'est un titre de noblesse à Paris.

Bien souvent je le rencontrais dans la rue Bonaparte. Il s'en allait dans son grand manteau à collet, les mains derrière le dos, la tête couverte d'un large chapeau comme on en voit aux marchands drapiers de Rembrandt. Je lui disais : « Bonjour Monsieur Champion ! » il répondait « Bonjour mon enfant ». Et puis il s'éloignait. Je le regardais s'en aller. Et ce sage libraire qui passait mettait aussitôt dans la rue je ne sais quoi de romantique, de charmant, de nostalgique.

Il prenait le tournant, soit de la rue Jacob pour se rendre chez lui, soit du quai Malaquais pour reprendre sa place dans sa docte librairie, dans la petite pièce du fond où ses amis le verront bien souvent en esprit au milieu des photographies d'amis morts ou vivants dont il était entouré, et des livres exceptionnellement rares, des belles reliures patinées par les siècles, d'où sortait une lumière dorée, couleur du temps, qui l'enveloppait si bien, le vieux fidèle du passé...

Aujourd'hui Honoré Champion a pris le dernier tournant de la vie : il s'est éloigné pour toujours : nous ne le reverrons plus. Quelque chose d'ancien, d'excellent, de très rare vient de disparaître avec lui. Sous ce manteau de forme antique, sous ce chapeau aux larges ailes, il y avait une âme d'autrefois, pleine des vieilles vertus de la race, le simple et profond amour du métier, la loyauté, la hardiesse dans les entreprises, et comme le parfum et aussi la récompense de tout cela, un optimisme plein de grâce et de générosité, une confiance dans la destinée qui s'étendait au-delà des limites de la vie.

La vie n'a guère fait défaut à cette confiance paisible.

En tête de son agenda, il avait écrit : *Mane nobiscum Domine*. Demeure avec nous Seigneur. Une si belle espérance ne sera pas trahie. Cet appel quotidien, il sera entendu ; cette protection divine qu'il appelait sur toutes les heures de sa vie ne lui sera pas refusée, aujourd'hui qu'il a inscrit sur le dernier feuillet la tâche de son dernier jour.

ARTICLES

HONORÉ CHAMPION

1906

Un grand deuil vient de frapper la *Revue de l'Art chrétien*. Son éditeur, M. Honoré Champion, est mort le 8 avril dernier, frappé en pleine activité, alors que rien ne pouvait faire prévoir une fin si brusque. Nous l'avons conduit au milieu d'une grande affluence à la vieille église de Saint-Germain des Prés, puis au cimetière du Montparnasse, où des voix éloquentes lui ont dit adieu.

C'est une bonne amitié qui se rompt. Elle était née, il y a longtemps déjà, de la confiance que ne pouvait manquer d'inspirer une qualité qu'il avait au plus haut point et qui n'est pas commune, l'indépendance et le franc parler. Il n'a jamais fait aucune concession au succès. Son heureuse carrière s'est poursuivie sans qu'il lui fît le moindre sacrifice de ses profondes convictions ; il s'est imposé par son caractère et par sa loyauté.

D'autres ont dit la place unique qu'il occupa dans la librairie, ont fait revivre sa silhouette très particulière dans le vieux quartier de Paris qu'il habita toute sa vie.

Nous ne pouvons oublier l'intérêt tout particulier qu'il portait à notre revue. Il avait voulu l'ajouter aux nombreuses publications qui sortaient de sa maison et la ramener en France où l'abbé Corblet l'avait fondée.

Ses conseils et son expérience ne nous ont jamais fait défaut chaque fois qu'il nous fut nécessaire d'y recourir. Il avait en outre le plus précieux des dons auprès de ses collaborateurs : l'enthousiasme et la confiance. Il donnait l'exemple d'une volonté toujours agissante, ne reculant devant aucun surcroît de labeur, mettant dans tout ce qu'il entreprenait le meilleur de lui-même et tous ses intérêts.

Son souvenir ne nous quittera pas. Son nom nous reste puisqu'il se survit en son fils.

André RAMET.

(Revue de l'Art chrétien).

Honoré Champion vient de disparaître. Il était peut-être un des derniers représentants de l'ancienne librairie française. Comme M. Sylvestre de Sacy le disait naguère ici même de MM. de Bure : « Ils représentaient l'antique fraternité des libraires et des savants. Leurs clients étaient leurs amis. Souvent ils faisaient les frais coûteux d'un livre d'érudition, uniquement sur le nom et le mérite de l'auteur... Il leur était honorable que le livre parût chez eux, cela leur suffisait. Il est vrai que de leur côté les savants se faisaient un plaisir et un honneur d'avoir MM. de Bure pour libraires. » Tels les de Bure, tel Champion.

Bibliophiles, savants et humanistes connaissaient Honoré Champion. Le portrait si véridique que nous a laissé Edouard Fournier nous le représente à merveille : assis comme toujours dans son arrière-boutique, — son officine comme on eût dit au temps des Elzévier, — le dos contre une vitrine où s'étagent des reliures armoriées, une calotte noire sur la tête, les cheveux blancs retombant en boucles sur son veston bleu qu'il fermait haut, le visage presqu'imberbe, le vieux libraire tendait la main au visiteur avec un geste où tous les anciens usages de la vieille France semblaient se réunir à plaisir. Il déposait alors sa cigarette, abandonnait le feuillet commencé, — ce petit papier bleu avec sa marque « au cheval qui se cabre » et sa devise hautaine : *Nunquam retrorsum*, — puis, quand il était de loisir, vous contait histoires et anecdotes.

Honoré Champion aimait surtout rappeler ses débuts dans la librairie. Né en 1836, il avait fait ses études au lycée Turgot. Il était entré à quatorze ans chez le libraire Dumoulin.

En 1872, il s'établissait, 9, quai Voltaire dans la maison

qu'avait habitée d'abord Vivant-Denon, puis le libraire France, le père de l'auteur du *Crime de Sylvestre Bonnard*. Anatole France n'a encore jamais pu passer devant ce quai Voltaire sans un regard attendri vers cette boutique basse où s'ébaucha sa jeunesse. « J'ai passé, dit Anatole France, une grande partie de mon enfance et de mon adolescence dans cette maison où Denon un siècle auparavant coulait sa vieillesse élégante et ornée. J'ai gardé un souvenir charmant de ce beau quai Voltaire où j'ai pris le goût des arts. » Et France dit ailleurs : « Il [Denon] habitait sur le quai Voltaire la maison qui porte aujourd'hui le n° 9 et dont le rez-de-chaussée est actuellement occupé par le docte Honoré Champion et sa docte librairie. » Enfant, l'univers pour Anatole France ne s'étendait pas beaucoup au delà du quai Malaquais. Quand Honoré Champion quitta le quai Voltaire pour le quai Malaquais, France lui demanda de venir l'aider à déménager quelques vieux bouquins, un Bayle, un Moréri, ou un Voragine. Il lui semblait ainsi qu'il revivait une partie de sa jeunesse studieuse.

Honoré Champion connaissait tout ce que Paris compte de savants et de lettrés, dans les mondes les plus divers. Sa librairie, voisine de l'Institut, en était tour à tour le salon d'attente, ou le cénacle où l'on pouvait se retrouver après les séances. Les vendredis étaient particulièrement brillants. Les membres de l'Académie des Inscriptions et Belles-Lettres s'y donnaient rendez-vous. C'était jadis les Léopold Delisle, les Gaston Paris, les Longnon que l'on pouvait rencontrer. Pour eux et par eux s'étaient fondées maintes revues savantes où les sujets les plus divers étaient traités depuis les publications sur le moyen âge, les études rabelaisiennes, jusqu'aux archives diplomatiques et aux études sur la Révolution.

Il était l'éditeur des grandes collections d'éruditions et cela dans tous les domaines : l'histoire, la linguistique, la bibliographie, l'archéologie. Tour à tour, dans sa librairie, on pouvait rencontrer les Picot, les Nolhac, les Maspero. N'était-ce pas de Champion qu'on disait : « Il est le libraire des Ducs, comme il est le duc et pair de sa librairie ». On se souvenait ainsi qu'il avait publié sous une couverture bleue la *Journée de Rocroy* du Duc d'Aumale et la *Bataille de Fontenoy* du Duc de Broglie.

Citer tous les noms, ce serait faire une relation du mouvement historique et littéraire depuis un demi-siècle.

Il était l'éditeur des plus grands personnages comme le Duc de la Trémoïlle ou du marquis de Vogüé, comme des personnes les plus modestes : il était fréquent de le voir publier la thèse d'un jeune inconnu dont le travail lui paraissait intéressant. Et n'ayant pas d'argent pour risquer cette aventure, il puisait dans sa collection personnelle et vendait un beau livre ancien, pour publier un bon livre moderne.

Mais une des publications dont s'enorgueillissait le plus Honoré Champion, c'était surtout son *Atlas linguistique de la France*. Il avait toujours chéri les vieilles provinces françaises et souhaité la rénovation des études locales. Il fit de prodigieux efforts pour publier cet *Atlas*, honneur de sa carrière. Il lui ajouta comme complément, plusieurs revues provinciales : Revue celtique, Revue de Bretagne, Revue de Gascogne. Il publia *l'Armorial de Picardie, d'Artois et Bourgogne*. Il était également l'éditeur de *Société de l'histoire de Paris et de l'Ile-de-France*.

Enfin, il était l'éditeur des principales publications du vénéré Léopold Delisle qui lui avait confié le *Bulletin des publications récentes*, ce supplément si précieux au *Catalogue général de la Bibliothèque Nationale*.

Ses deux fils n'ont pas moins contribué à honorer la vieille maison où le travail et la patience semblent être la loi. Chacun connaît les travaux d'érudition de Pierre Champion sur Charles d'Orléans et sur Villon. Son père se réjouissait tant de voir apparaître ce Villon, fruit de beaucoup de labeur. De son côté, Édouard Champion, que ses goûts inclinaient davantage vers des époques plus modernes, publie, sous les auspices de son père, qui collationna une à une toutes les épreuves, les *Œuvres complètes* de Stendhal et la *Correspondance* de Chateaubriand.

On peut mesurer par là quelle fut l'inlassable curiosité de ce vaillant libraire dont le nom doit être aujourd'hui vénéré par les érudits et par les lettrés. Le *Journal des Débats*, qu'il aimait particulièrement, s'associe au chagrin qu'il laisse derrière lui.

Qu'il repose en paix, heureux de sa tâche accomplie, comme disait Renan, citant une phrase de l'*Ecclésiaste* : « *Lætari in opere suo.* »

Alfred PEREIRE.

(Journal des Débats [1]).

1. L'article avait, faute de place, paru avec quelques coupures dans le *Journal des Débats* : nous le donnons ici dans son entier. — (N. de l'E.)

10 avril 1913.

Mon cher Directeur,

A la notice excellente que M. Alfred Pereire a consacrée
à la mémoire d'Honoré Champion, je voudrais ajouter quelques mots. Parmi les services que ce digne bibliophile a
rendus à son pays, il en est un, peu connu, qui montrera
combien, à l'amour des lettres françaises, il joignait l'amour
de son pays. Après la guerre de 1870, le libraire Dumoulin,
chez lequel il travaillait, lui donna un mois de congé.
Honoré Champion s'en alla à Metz, où il avait des amis, et
prit une part très vive aux douleurs que leur causait l'occu-
pation allemande. Comme il me l'a raconté à moi-même,
ses goûts de libraire, curieux et investigateur, le portaient à
s'occuper en tout pays et à tout moment de ce qui était le
but unique de sa carrière. Il avisa tout à coup dans les Halles
de Metz un amas immense de volumes et de brochures des-
tinés à être vendus à l'encan : c'était tout simplement la
bibliothèque de l'Ecole d'Artillerie de Metz. Il s'informa de la
personne qui était chargée de la vente et en avisa aussitôt
M. Dumoulin, en lui disant qu'il ne fallait pas laisser perdre
une collection aussi utile. Il débattit avec le vendeur le prix
du montant et, moyennant quatre ou cinq mille francs,
fit placer dans trois wagons de marchandises les livres, brochures, etc., acquis par lui. Au moment où le chargement
allait partir, l'autorité allemande voulut savoir quel était
l'acquéreur de cette collection. M. Champion répondit que
c'était M. Dumoulin, sans laisser entendre que le tout devait
revenir à l'Etat français et former une partie de la bibliothèque de l'Ecole militaire de Fontainebleau. Après quelques
difficultés dont la finesse d'Honoré Champion vint rapide-

ment à bout, les divers ouvrages achetés en bloc purent revenir en France. Or, dans cette collection précieuse achetée à vil prix, se trouvaient *les manuscrits de Vauban* que Champion avait su découvrir et dont il s'était bien gardé de faire connaître la valeur.

« J'étais content, me disait-il tout récemment encore, d'avoir joué ce tour aux Allemands qui n'avaient pas su quels trésors ils m'abandonnaient ! »

Là, comme ailleurs, Honoré Champion avait agi en bon et spirituel Français.

Agréez, mon cher directeur, l'expression de mes sentiments dévoués.

Henri WELSCHINGER.

(*Journal des Débats.*)

LA LIBRAIRIE OU L'ON CAUSAIT

C'est avec une sincère mélancolie que les amis des livres ont appris, hier, la mort du libraire-éditeur Honoré Champion, décédé subitement le matin, dans son domicile du quai Malaquais. Il était une des personnalités les plus sympathiques du Paris des lettres. et beaucoup de nos lecteurs l'ont connu et aimé.

Bon, cordial, dévoué, l'honnête et laborieux Honoré Champion avait, en effet, par un constant effort, constitué une des premières librairies de notre pays. Elle était le rendez-vous de tous les historiens de France et de l'étranger. Sa mort sera pour eux un deuil; et ils se rappelleront cet homme solide, à la figure ouverte, aux yeux malins et bons, au large front nu aux longs cheveux allant quasi jusqu'aux épaules, informé de tout, connaissant bien les hommes, ayant cent anecdotes dans son sac, ami loyal et fidèle, conservateur et chrétien de la vieille roche.

On le sentait heureux et fier de sa mission en ce bas monde — qui fut d'éditer de doctes mémoires, de savants travaux. Il avait promené sa curiosité à travers toutes les provinces de l'érudition ; et son agile mémoire se rappelait à merveille toute la géographie de ces régions interdites aux profanes. Il était un vivant répertoire, un dictionnaire admirablement documenté et toujours si intéressant qu'on avait peine à s'empêcher de l'interroger et, si j'ose dire, de le feuilleter pendant des heures.

En ce galant homme, à la tête bien ordonnancée, le commerçant ne nuisait pas à l'érudit, ni l'érudit au commer-

çant ; ils s'aidaient l'un l'autre ; ils se complétaient. Et ils
avaient autant de tact et d'esprit l'un que l'autre.

.·.

M. Honoré Champion était né le 13 janvier 1846. C'est
donc à soixante-sept ans que la mort vient interrompre ce
grand travailleur qui avait débuté dans la librairie à l'âge
de treize ans. Un des titres auquel justement il attachait du
prix était d'avoir fondé, en 1872, la Société de l'Histoire de
Paris. Expert près le tribunal civil de la Seine, libraire de
la Ville de Paris, il était éditeur de la *Romania*, de la *Revue
Celtique*, de la *Revue des Bibliothèques*, du *Moyen Age*, de la
Revue de l'Art chrétien, du Grand *Recueil de travaux de Maspero*, de l'*Atlas linguistique de la France*, de la *Société de l'Histoire de Paris*, de la *Société de l'Histoire de l'Art français* et
d'un grand nombre de publications savantes. C'est chez lui
que le marquis de Vogüé a récemment publié ses souvenirs
de famille.

Il laisse deux fils : l'aîné Pierre, ancien élève de l'Ecole
des Chartes, qui s'est déjà fait connaître par des publications
sur le xve siècle, et le cadet Edouard, son successeur, dont
l'édition de début, l'*Henri Brulard*, de Stendhal, est une
édition de maître.

.·.

Quoi d'étonnant que le petit cabinet de M. Honoré Champion — déjà rempli de ces admirables amis que sont les
livres — ait reçu tant d'assidus visiteurs, lettrés de race et
grands érudits, qui prenaient un fidèle plaisir à se retrouver
chez lui et à le retrouver ? Le feu duc de La Trémoïlle y
entrait presque chaque jour pour causer avec le maître du
logis et pour fureter dans les rayons de la librairie, à la
recherche de quelque vieux bouquin d'histoire. Tous ceux
qui y fréquentèrent se rappellent y avoir entendu Victorien

Sardou évoquer ces menus détails du passé de Paris qu'il connaissait si bien et que sa parole animait. Mgr Duchesne, M. Léopold Delisle discutaient avec M. Champion quelque délicat et ardu problème de bibliographie, demandaient son avis à M. d'Arbois de Jubainville, tandis que M. de Hérédia ou M. Gabriel Hanotaux et M. Louis Teste rappelaient une pensée de Stendhal, admiraient une édition rare, contaient leurs impressions de Saint-Pétersbourg ou de Rome, ou comparaient à des faits d'autrefois des circonstances contemporaines : aimables après-midi où l'amour commun des livres et des humanités rapprochait des esprits d'élite.

Parmi les habitués du cabinet de M. Honoré Champion, l'un des plus constants était un des écrivains qui a su le mieux exprimer l'attrait des bibliothèques et croquer la silhouette des passionnés de la lecture : l'auteur du *Crime de Sylvestre Bonnard*, M. Anatole France, a franchi bien souvent, et depuis bien des lustres, ce seuil de prédilection. A défaut de toutes les raisons qui l'y invitaient, le souvenir aurait suffi pour l'attirer chez M. Champion. On sait que M. France est fils d'un libraire parisien fort connu, le libraire Thibaut. Or M. Thibaut avait sa librairie précisément là où M. Champion eut longtemps la sienne avant de s'établir au 5 du quai Malaquais — c'est-à-dire, quai Voltaire.

*
* *

Quai Voltaire, quai Malaquais — toute la vie de M. Champion, sa vie intime et sa vie de labeur — s'est passée sur ces bords de la Seine qu'il aimait tendrement. Quai Voltaire, quai Malaquais, voilà les parages où se complaisait ce Parisien, voilà son décor préféré. Ne s'y sentait-il pas habitant d'une cité des livres installée au cœur de la grande cité ?

Non loin de lui, voisines immédiates ou assez proches, des librairies familières aux amateurs, aux dilettanti, à la troupe des chercheurs et des curieux ouvraient et ouvrent encore leurs devantures ou, près du ton bleuâtre d'un in-octavo contemporain, s'aperçoit le beau rouge d'un maroquin du Levant — robe somptueuse d'un galant auteur du xviii°. Porché, Delaroque, Claudin, les Dorbon, Lemasle, Rapilly, Lucien Gougy, — ces noms connus se lisent dans cette région d'où la vie moderne, les immeubles neufs à loyers fantasmagoriques et les métamorphoses plus ou moins malencontreuses du « progrès » n'ont pas encore, grâce aux dieux, banni les livres... Dans cet endroit privilégié, si cher aux flâneries de l'intelligence, le souvenir de M. Honoré Champion demeurera vivace — et l'on parlera souvent de lui entre raffinés du bouquin et fervents de l'érudition.

RAYMOND LÉCUYER.

(*Le Gaulois*).

UN LIBRAIRE

Un libraire, qui n'était pas seulement un marchand de
livres, mais un ami des livres, un connaisseur très fin, très
savant, très aimable, est mort hier matin, subitement :
M. Honoré Champion, pour qui tous les érudits avaient une
affectueuse déférence.

Il était célèbre, et depuis fort longtemps, depuis si longtemps qu'on le croyait plus âgé qu'il ne l'était ; et il meurt
à soixante-sept ans : mais il avait débuté dans la librairie à
treize ans, et la fondation de la maison Champion date du
lendemain de la guerre.

Qui ne l'a vu, dans l'étroit cabinet de travail où il passait
toutes ses journées, au fond de sa boutique du quai Malaquais ? On l'apercevait de loin, toujours assis à son bureau,
courbé vers ses lectures. S'il relevait la tête, on découvrait
un vieil homme, pareil à ceux qu'ont peints les maîtres
anciens : un visage très simple et cependant très caracté-
risé ; la physionomie résume toute la longue durée
d'une existence, l'habitude de vie, la pensée coutumière et
continue. D'une petite calotte de soie noire sortaient en
boucles blanches des cheveux qui encadraient la figure,
assez forte, rasée sauf les moustaches courtes. De bons yeux
vous regardaient, avec malice, avec intelligence ; et, avant
que ne commençât la causerie, ils vous jugeaient. M. Champion ne causait pas avec tout venant ; il s'informait d'abord,
sans vous interroger, du goût que vous aviez pour ses héros,
et principalement pour Chateaubriand. Après cela, il bavar-
dait bien volontiers, avec beaucoup de grâce, d'enjouement,

et il vous apprenait mille et mille petites choses qu'il
avait découvertes dans le trésor de sa bibliothèque. Vous
l'écoutiez avec gratitude ; et puis avec une sorte d'admi-
ration...

— Mais non, mais non ! disait-il ; je ne sais rien, je suis
un ignorant...

Et il vous racontait, avec une modestie sincère à laquelle
se mêlait un peu d'orgueil très légitime, qu'il avait, en sa
jeunesse, fait des études courtes et incomplètes...

— Mais oui, à l'Ecole Turgot... Je n'ai pas appris le latin
ni le grec. Mes fils, ah ! mais oui, par exemple, et très bien,
vous savez, très bien !...,

Son véritable orgueil, c'étaient en effet ses deux fils :
Pierre Champion, remarquable historien à qui l'on doit
l'étude la plus approfondie qu'on ait sur Charles d'Orléans,
et d'autres ouvrages, d'une excellente qualité de style et de
critique ; et son autre fils, Édouard Champion, son collaborateur et qui lui succédera, fureteur habile, ingénieux écrivain, qui a découvert ce document si plaisant, le Journal de
Julien, valet de chambre de Chateaubriand lors de l'*Itiné-
raire*, et qui vient de publier les deux premiers volumes
d'une édition modèle de Stendhal.

Honoré Champion, « le patron », comme on l'appelait,
parlait de ses fils comme de sa gloire bien-aimée. Et, s'il
accusait sa propre ignorance, tout le monde savait bien qu'il
plaisantait avec un peu de coquetterie : cette ignorance, plus
d'un demi-siècle de lecture l'avait ornée à merveille, de
manière à la transformer en une étonnante et précieuse
érudition.

Il connaissait comme personne l'histoire littéraire et politique du précédent siècle, et notamment celle de l'Empire,
de la Restauration et de la Monarchie de juillet. Il la connaissait et par les livres, et par les documents manuscrits
dont il possédait de fort beaux échantillons, et par des souvenirs de conversations très anciennes dont il gardait la

mémoire. Cette science était officiellement reconnue puisqu'il avait le titre, dont il était fier, d'expert au Tribunal civil de la Seine.

Quand il était, il y a plus de cinquante ans, petit commis de librairie chez Dumoulin, son patron l'envoyait parfois porter des livres chez M. Sainte-Beuve. (Il me le racontait l'autre jour...) Et M. Sainte-Beuve, assez souvent, lui disait :

— Tiens, mon petit Honoré, as-tu deux heures ? Oui ? Eh ! bien, range-moi ma bibliothèque.

M. Sainte-Beuve était fort malade alors et devait rester étendu, souffrant beaucoup. Le petit Honoré rangeait la bibliothèque ; et, à propos des livres, M. Sainte-Beuve devisait (on s'en doute) fort joliment.

Les amateurs qui venaient voir M. Champion, dans sa boutique du quai Malaquais, voyaient aussi de belles choses, que M. Champion leur montrait, non pas sans façons, — car il ne touchait pas aux livres avec familiarité, — mais avec une exquise obligeance. Aux vrais amis des livres et du passé, amis éprouvés, il montrait un manuscrit des *Mémoires d'outre-tombe*, écrit par Hyacinthe Pilorge, sous la dictée de M. de Chateaubriand, et avec des annotations de la main même de M. de Chateaubriand...

— Quelle écriture, si hardie ! Est-ce beau ?...

Et puis de splendides reliures, des volumes plus que rares, des chefs-d'œuvre qu'il avait sauvés du néant et installés dans le sanctuaire de sa bibliothèque.

Il avait un grand soin de ne publier que de bons ouvrages, et de les publier très bien, avec de beaux caractères, sur du vrai papier. Parfois, il voyageait ; il ne craignait pas d'aller fort loin, pour découvrir, dans des châteaux ou des greniers, des pièces quasi-miraculeuses, par exemple des inédits de M. de Chateaubriand.

Et il passa ainsi sa vie, auprès de ses enfants, de ses amis et de ses livres, sa vie paisible et qui eût semblé bien monotone et confinée à qui le voyait seulement un instant dans sa petite cellule, sa vie fervente et qu'animait d'épisodes passionnés, d'émoi, de surprises, l'amour des livres, son grand et constant amour.

André BEAUNIER.

(*Figaro*).

L'éditeur Honoré Champion vient de mourir. Qui pouvait s'attendre au malheur ! Il s'est éteint doucement, m'écrivent ses dignes enfants... Voilà trois jours à peine, je lui serrais la main, à sa petite table du quai Malaquais, dans la Cité des livres, au milieu des portraits d'écrivains et des souvenirs de tout genre contant une longue carrière, des amitiés illustres et fidèles, une activité mesurée qui lui promettait de longs jours !

C'est une charmante et vénérable figure de Paris qui s'en va. Elle est restée à peu près exactement telle que nous l'avions vue pour la première fois, il y a plus de vingt ans. La Sorbonne, l'Académie, les jeunes Lettres se rencontraient auprès de lui et mêlaient sous sa présidence leurs hostilités ou leurs amitiés. Lui, tenant toujours un peu à droite, du côté de l'Église et même du Roi, voulait cependant savoir ce qui se passait par toute l'étendue du champ clos. Il y mettait l'honneur de sa profession d'éditeur et de libraire, ses curiosités d'annaliste et de chroniqueur.

Que de fois je l'entendis raconter sa jeunesse et ses débuts ! Le magasin qu'il occupait à la fin du siècle dernier avait appartenu anciennement au père de M. Anatole France. L'éditeur Honoré Champion aimait à dire en parlant de l'auteur de *Thaïs* :

— Il commençait à être un très bon écrivain français quand, pour ma part, je devenais un excellent commis libraire...

Quel joli éclair de malice et de bonhomie attendrie mettait l'accent sur ces paroles ! Nous ne les écouterons plus.

Que du moins tous les siens, en particulier ses deux fils, Pierre Champion, l'historien, et l'éditeur Edouard, qui, chacun dans son ordre le continuent si fièrement, reçoivent l'assurance d'un souvenir ineffaçable, l'expression d'un regret profond.

CHARLES MAURRAS.

(L'Action Française).

LE LIVRE IMPÉRISSABLE

Il était de la race des grands imprimeurs et des grands libraires, le bon bibliopole Honoré Champion que nous venons de perdre. Charles Maurras vous a dit hier la surprise douloureuse de tout ce qui, dans Paris, aime les lettres, à la nouvelle de cette disparition si brusque. Nul de ceux, et ils sont nombreux, qui l'ont connu, n'oubliera son accueil affable, rehaussé par une magnifique et infatigable curiosité de l'esprit. Honoré Champion, qui avait fréquenté plusieurs générations d'écrivains illustres et d'érudits, qui vivait dans la familiarité de l'Institut et du Collège de France, s'intéressait aux débutants. Il aimait, cet éditeur des historiens, des archéologues, des paléographes, ce collectionneur de chartes et d'archives, il aimait surtout l'avenir. Combien de jeunes gens ravis et confus, s'aperçurent qu'ils étaient lus de ce patriarche, reçurent de lui des encouragements et des conseils discrets ! Ce que ne font pas la plupart des critiques professionnels, qui ne flattent guère que le talent consacré, le talent qui dispose d'une voix à l'Académie ou le talent chez qui l'on dîne, Honoré Champion, libraire, le faisait par vocation et par goût.

Les livres avaient, dans son magasin, un aspect vivant et joyeux. Les idées étaient chez elles dans cette maison qui respirait la science et la courtoisie. L'esprit alerte d'Honoré Champion rivalisait de jeunesse avec celui de son fils Édouard, l'ami et déjà le bienfaiteur de presque toutes les fractions du monde de l'intelligence. Nous sommes assurés qu'Édouard Champion continuera, sans en excepter une seule, les traditions de son père. La plus noble, à notre avis, était une magnifique hospitalité donnée à la pensée humaine, sous l'unique condition de ne pas offenser la raison, les mœurs ni la Cité.

Je ne sais pas si j'ai jamais rencontré plus d'une demi-douzaine d'hommes qui donnassent mieux l'impression de l'indépendance complète qu'Honoré Champion dans sa librairie. C'était le bourgeois de Paris, maître chez lui comme le baron dans sa tour. Un jour, je m'en souviens, il me laissa spirituellement entendre qu'il regarderait comme une tyrannie insupportable l'entrée des agents du fisc dans sa demeure et l'examen de ses comptes dont le menaçait, avec tous les commerçants, l'impôt sur le revenu ; mais il y avait un endroit, ajoutait-il, où le gouvernement n'aurait jamais d'accès. Ses yeux, en disant cela, brillaient avec une malice fière et paraissaient comme les sentinelles du palais de l'intelligence. Nulle séduction, nulle contrainte n'eussent fait penser à Honoré Champion le contraire de ce qu'il tenait pour juste et pour vrai.

Type du bourgeois parisien de jadis, dira-t-on peut-être. Type d'autrefois, d'aujourd'hui et de toujours. C'est par une fâcheuse habitude littéraire que l'on ne cesse de proclamer éteinte la race des hommes dont l'esprit n'aime pas à se courber. Nul ne nous fera croire que le peuple français ait perdu en quelques années, même en un siècle, ses qualités natives. L'exemple dément ces attristants pronostics. Honoré Champion, avec son robuste bon sens, eût haussé les épaules si on lui eût dit qu'il était le dernier représentant du franc-parler parisien et de la liberté bourgeoise.

Maurras écrivait hier d'Honoré Champion que « tenant toujours un peu à droite, du côté de l'Eglise et même du Roi, il voulait cependant savoir ce qui se passait par toute l'étendue du champ clos. » Les termes de cette définition d'un esprit paraîtront profondément exacts à tous ceux qui ont connu Honoré Champion. En religion, en politique, il avait ses idées et ses préférences, comme il les avait en littérature. Et il ne s'en trouvait nullement gêné pour s'entretenir avec des personnes de toutes les opinions et de tous les bords. Comment ce « traditionnel » se fût-il, au surplus, effarouché de la doctrine des autres ? Mais sa librairie regorgeait de livres où l'on eût pu voir qu'il n'y a pas de doctrine se prétendant neuve qui ne soit aussi vieille que les passions et que les maux de l'humanité.

Et c'est justement peut-être parce qu'il tenait « toujours un peu à droite » qu'Honoré Champion avait de la hardiesse dans l'esprit. Il meurt au moment où, avec son fils Edouard, il fait, en France, une révolution dans l'industrie du livre. La routine emprisonnait notre librairie dans le format à trois francs cinquante. Ce prix, ce format sont devenus impossibles par la cherté des matières premières et le coût de la main-d'œuvre. Le livre à trois francs cinquante ne peut plus être imprimé que sur un papier détestable, condamné à pourrir en peu d'années. Les éditeurs Champion ont eu les premiers l'idée d'offrir au public des ouvrages assez chers, mais assurés de durer toujours. C'est dans ces conditions, en particulier, qu'ils ont entrepris leur magnifique édition de Stendhal, dont les deux premiers tomes — la *Vie de Henri Brulard* — ont déjà paru et que se disputent tous les amateurs de beaux livres, car le tirage en est restreint. L'immortalité est garantie à cette édition de Stendhal imprimée sur un « impérissable papier pur chiffon ». Honoré Champion, avant de mourir, aura eu la satisfaction d'être l'homme qui avait pris l'initiative d'arracher la librairie française à la routine. Grâce à lui, nos bibliothèques ne tourneront pas en moisissure et ne tomberont pas en poussière. Digne successeur de son père, héritier de nos grands éditeurs qui furent amants des lettres en même temps que négociants hardis, Édouard Champion, au milieu de sa douleur, peut se dire avec fierté qu'il est aujourd'hui le chevalier du Livre Impérissable.

Jacques BAINVILLE.

(L'Action Française).

Tout ce que Paris compte d'éminent dans le monde des lettres et de l'érudition a fait cortège, le 11 avril dernier, à la dépouille funèbre d'Honoré Champion. C'est que tous portaient de l'estime, et ceux qui le connaissaient plus, de l'attachement, à ce libraire en qui disparaît une des plus curieuses figures de notre époque.

Il fallait le voir dans son cabinet de travail, au fond de la boutique du quai Malaquais. Du plus loin qu'il vous apercevait, il vous invitait à venir lui parler ; et l'on ne pénétrait pas sans une sorte de respect ému dans cette pièce où s'étalaient sur les murs les photographies signées des plus célèbres de nos contemporains et où l'on admirait dans des vitrines des manuscrits enluminés, des livres rares, reliés aux armes de France et des grandes familles. Assis à sa table, il paraissait dans son milieu naturel au milieu de ces souvenirs et de ces livres, qui étaient autant d'amis pour lui. Sa physionomie si curieuse, qu'encadraient de longs cheveux blancs s'échappant de sa calotte, s'éclairait de cet air de bonté qui brillait dans ses yeux ; et il accueillait le nouveau venu avec une bonhomie charmante qui ne pouvait s'oublier.

Comment dire cette bonhomie ? Mille traits la forment ; et pour aller au plus court, imaginez d'un personnage d'Anatole France cette simplicité exquise d'autrefois, que l'on ne retrouvera pas : un libraire ami de Sylvestre Bonnard, ou quelque vieil oncle de Pierre Nozière. Il était dans son quartier du quai comme un bourgeois dans sa ville ; dans sa corporation comme autrefois un maître dans son corps de métier. C'était pour lui, et il avait raison, comme deux titres de noblesse : volontiers il eût mis sous son nom *bourgeois et maître libraire de la bonne ville de Paris ;* et il regrettait le temps où, seuls des corps de métier, ceux de sa corporation avaient le droit de porter l'épée. A tous il apportait cette bonhomie ; et l'on pouvait le voir jadis, dans sa petite boutique du quai Voltaire, interrompre sa conversation avec un savant ou un grand personnage pour servir un simple commis-libraire.

Ce que l'érudition lui doit est considérable ; pour s'en convaincre, il suffit de jeter les yeux sur la liste des publications périodiques qui sortaient de sa maison et qui, comme *Romania, le Moyen Age, la Revue celtique, le Bulletin de la Société de l'Histoire de Paris et de l'Ile-de-France,* sont capitales pour notre histoire nationale. Les belles publications qu'il faisait ne l'empêchaient pas d'être accueillant aux jeunes gens et de les aider autant qu'il pouvait ; et en cela encore la science historique lui est redevable : combien, de petits archivistes qu'ils étaient alors, ne sont-ils pas devenus membres de l'Institut, historiens et philologues réputés ? Et, malgré ces services rendus à l'érudition, je crois qu'il s'enorgueillissait autant d'avoir publié le premier ouvrage politique de Maurras : *Chateaubriand, Michelet, Sainte-Beuve.*

Car il avait retrouvé naturellement le sens des traditions ; et il maintenait ferme ses convictions, fier de les voir soutenir avec éclat. Il montrait en cela un beau courage civique, et l'on se souvient de certaine affiche signée de lui qui, il y y a près de quinze ans, fit grand bruit au quartier Latin.

Enfin, il était fidèle à l'amitié et au souvenir. Et sa distraction était de composer, pour le bulletin de sa corporation, des notices sur les libraires célèbres. Il en avait ainsi écrit sur les frères Garnier et sur Léopold Delisle, qui l'honorait de son amitié ; il en préparait une nouvelle, sur Lemerre, fort curieuse pour les origines du Parnasse. Je l'entends encore m'expliquant le détail de cette notice ; c'était le 7 avril, dans son cabinet au fond de sa boutique. Le lendemain j'apprenais avec une surprise douloureuse la nouvelle de sa mort ; il avait été emporté en une demi-heure, comme il s'était levé à six heures du matin pour travailler.

Qu'une vie aussi noblement remplie soit une consolation aux deux fils qu'il laisse et dont il était fier : ils ont pris le chemin qu'il leur avait montré ; l'histoire et les lettres leur doivent déjà, comme elles ont dû tant à leur père.

Jean Longnon.

(Revue critique des idées).

Voici quelques notes inédites sur M. Honoré Champion, le célèbre éditeur du Quai Malaquais, dont les obsèques ont eu lieu aujourd'hui à Saint-Germain-des-Prés.

« Paris est trop grand pour moi, disait-il, je veux une patrie où je sois chez moi. » Et il acheta, en Lorraine, la maison de son beau-père. Le cimetière du village le ravit. Là, sur la tombe de famille, à côté d'un mur couvert de lierre, à moitié éboulé, un prunier laissait tomber ses prunes. C'était champêtre. Le pays lui plaisait. Mais l'amitié pour son frère le conduisait tous les dimanches au cimetière Montparnasse. C'est là qu'il repose, en attendant de faire plus tard son dernier voyage en Lorraine.

Il aimait la prière. Le petit office des morts qu'il avait toujours sur lui, comme une leçon de choses grave, lui rendait familière l'espérance.

Cet esprit extrêmement ouvert, diligent, d'une érudition vaste, avait une aménité qui rappelait un autre âge. En le voyant, en l'entendant causer, on pensait volontiers au mot de Voltaire : « Nous sommes dans l'automne du bon goût. »

Tout le monde lettré a joui de cet automne si merveilleux.

Ce qu'on n'a pas assez dit, c'est la bonté de cet érudit. Que de traits charmants !

Il n'aimait pas qu'on prêchât mal. Cela l'exaspérait de voir traiter avec négligence la parole de Dieu : car il allait l'entendre avec religion.

Le dimanche, à sa paroisse, il avait, par goût de la musique, l'habitude de se tenir tout près de la maîtrise, le sens des paroles latines allant à son âme attentive. Sa piété pour le moyen âge était ardente : « On trouve tout, disait-il finement, dans les vieux livres à caractères gothiques. »

« Quand le Pape a tranché une question, disait-il encore, nous n'avons plus à discuter ».

Tel était dans sa vie spirituelle, nourrie de la pensée des siècles, ce chrétien, plus strictement religieux même que ses manières ne donnaient à entendre. Qu'il repose, doux travailleur, dans la lumière !

Il a eu dix minutes à peine pour s'élever à Dieu. La nuit de sa mort, il corrigeait des épreuves. Le matin, à 6 heures, il appela : « J'étouffe ! » On lui prodigua les premiers soins et, en même temps, selon sa volonté, on allait chercher un prêtre à Saint-Germain des-Prés.

Honoré Champion, savant modeste, n'était pas décoré de la Légion d'Honneur, mais il avait la médaille de 1870 et, ce qui vaut mieux, l'estime de tous les amis des lettres, surtout parmi l'élite, les plus nobles sympathies.

LA CROIX.
(Abbé Chalbos).

Ce matin, par le froid soleil, contrasté d'averses et la bise qui hérisse d'aiguilles hivernales un morose printemps, Honoré Champion, entouré de ses enfants et d'amis innombrables, ira prendre place dans le dortoir des morts. Ce fut un homme probe, intelligent et laborieux. Sa carrière, peut-on dire, entreprise avant l'adolescence, l'avait conduit aux portes de la vieillesse quand il pouvait espérer des jours encore parmi ceux qui l'aimaient. La fin prématurée — il n'avait que soixante-sept ans — qui termine si brusquement la vie exemplaire de ce grand travailleur, l'emporte plus chargé d'œuvres que d'années. Nul, en effet, autant que lui ne mérite ce beau nom de « défunt », avili si souvent par la logomachie administrative, s'étant acquitté, comme il a fait, de toutes les tâches et de tous les devoirs.

A treize ans, commis de librairie, Honoré Champion gagnait sa vie et subvenait déjà aux besoins des siens, d'une mère tendrement chérie. A manier des livres, il apprit à les goûter. Il demanda bientôt à cet objet de son labeur le délassement intellectuel que ne refusent jamais aux esprits curieux les maîtres du bien dire. Comme Alphonse Lemerre, quelque peu son aîné, qui fondait le *Parnasse* avant la guerre franco-allemande, Honoré Champion gravit, l'un après l'autre, sans hâte ni retard, les degrés qui mènent le clerc de libraire à la situation enviable d'éditeur opulent et renommé. D'autres, et non des moins connus, ont franchi ces étapes ; mais la plupart, une fois le succès venu, et l'argent et les honneurs, se gardent jalousement de dépouiller le vieil homme. Le contact des écrivains ne les dégrossit point. Ils restent, comme devant, des marchands de papier tout court. Sous le notable commerçant, vivace et malotru,

4

continue à prospérer le courtaud de boutique. Et c'est pourquoi l'édition de bazar encombre ainsi les devantures ; c'est
pourquoi l'art du livre, dans l'avilissement général de tous
les métiers, descend à une abjection qui dépasse même celle
du mobilier, du vêtement et de l'architecture.

Honoré Champion fut, quant à lui et suivant ce nom pré-
destiné, un champion du grand labeur magnifié par les
Alde, les Etienne et les Didot. Sa librairie était en même
temps sa bibliothèque ; le mot se pouvait entendre, chez
un tel homme, au double sens que lui prêtait le xvi° siècle.
Il s'y promenait avec aisance, comme le propriétaire d'un
beau domaine, dans les champs dont il a ordonné la culture
et qui lui doivent leur prospérité. Les gens de lettres ont,
au siècle dernier, connu quelques-uns de ces éditeurs
modèles, amis des poètes, appuis des savants, qui voyaient
dans le commerce des livres autre chose que le grand livre,
chez qui l'appétit du lucre n'avait pas éteint le goût du
beau : Poulet-Malassis, compagnon de Baudelaire, ce robuste
Lemerre qui porta, sans faiblir, jusqu'aux temples victo-
rieux, les idoles pesantes de Leconte de Lisle, et Quantin, le
Quantin de la *Petite bibliothèque littéraire*, galvaudée, aujour-
d'hui, ramenée à l' « orthographe du Larousse », en de sor-
dides bouquins à dix-neuf sous !

Honoré Champion ne recherchait point les auteurs à
succès. Les fabricants de pommades ou de pastillages can-
tharidés n'avaient point accès auprès de lui. Certaines gloires
ne l'éblouissaient aucunement. Il ignorait peut-être le nom
de M. Jacques Dhur et les romans que signe Jules Bois.
Mais il se plaisait à découvrir des merveilles inédites ; il
poussait l'amour du paradoxe jusqu'à éditer un livre simplement parce qu'il jugeait ce livre intéressant ou beau.
Quand il acheta, peu de temps après la guerre, cette librairie
allemande où Wagner se plaisait, avant l'odieux esclandre
de *Tannhauser*, à trouver quelques amis et compatriotes, la
maison Franck Wieweg-Bouillon, Honoré Champion se vit

dès lors propriétaire d'un lieu fort érudit, A cette acquisition il avait gagné un amas de périodiques les plus doctes du monde, qui n'ont fait que s'accroître avec le temps : *Revue Celtique, Romania, Recueil de travaux* de Maspéro, *Le Moyen Age* et bien d'autres encore ! Il avait quitté depuis peu le quai Voltaire, la librairie Thibaud d'où sortit Anatole France ; mais il ne quitta pas pour cela la Seine. Il fixa désormais quai Malaquais ses étagères, aimant ce quartier de la Monnaie où, parmi les étalages de bouquinistes et les bric-à-brac, somptueux ou médiocres, s'épanouit une fleur de rêverie et d'indolence, un provincialisme « intellectuel » qu'on ne pourrait transplanter aisément au delà des ponts. Il publia Léopold Delisle, Arbois de Jubainville, Alfred Maury, Auguste Longnon. Il contribua pour une bonne part à la fondation de la *Société de l'Histoire de Paris*. Voisin de l'Institut, il accueillait les ouvrages des savants, des linguistes, des paléographes. Et ce voisinage lui portait bonheur ! Au moment des inondations, la statue de Voltaire préserva sa boutique, en détournant les eaux furibondes vers la rue de Seine et la rue Bonaparte, comme dans un récit de *La Légende dorée*.

Or, cet amateur de vieilles chartes, cet homme qui donnait aux érudits l'*Atlas linguistique de la France* et le *Dictionnaire de l'ancienne langue française*, n'était rien moins qu'un « rat de bibliothèque », vivant hors de la vie, entre ses incunables, ses paperasses et ses vieilles éditions. Nul moins que lui ne ressemblait, sinon pour la bonté, à Sylvestre Bonnard. Sa curiosité des hommes et des choses ne se fixait point dans le passsé. Elle était sagace autant que diverse. Il ne perdait rien de la minute présente ; il jugeait avec une lucidité parfaite ses contemporains. Il allait, sans effort, du moyen âge au boulevard (quand le boulevard n'était pas une kermesse entre deux rangs de cinémas) ; d'une vie de Saint Rémi, calligraphiée au ixᵉ siècle et vendue à Pierpont Morgan, il allait de ce manuscrit vénérable à celui de

Sagesse qu'il acheta tout mouillé encore des larmes et des pituites de Verlaine, quand le Parnasse entier et Coppée lui-même reniait l'auteur des *Poèmes saturniens*.

Comme tous les grands travailleurs, Honoré Champion se plaisait grandement au théâtre. Il aimait cet art éleuthérien qui lui donnait le repos nécessaire, après la tâche faite. Il appréciait Tristan Bernard, André Rouveyre, tenait dans un estime particulière Sacha Guitry qu'il avait connu par ses fils. Il comprenait tout ce que l'humour et la plaisanterie à ventre déboutonné de Sacha renferme d'observation amusée, et de philosophie et de judicieuse amertume. Il situait *La Prise de Berg-op-Zoom* à côté des ouvrages les plus notoires. Plaçant l'auteur au plus haut rang des comiques, il n'hésitait pas à évoquer sur son propos le nom de Molière. Il prisait fort le talent de M. Brasseur : il rappelait volontiers, à propos de Mademoiselle Henriette Roggers, les souvenirs qui lui restaient de la grande Rachel. La Comédie-Française était le lieu de sa prédiléction.

Son accueil était cordial, plein de courtoisie et de bonté. Dans le cabinet, un peu sombre, qu'exhausse une marche et que ferme un vitrage faiblement éclairé, on le trouvait assis à sa table de travail, penché sur des épreuves qu'il corrigeait sans fin. Un peu lourd et de mouvements, — eût-on dit — pénibles, il reprenait toute son agilité dès que la causerie était ouverte. Sa conversation nourrie, primesautière, plaisante et variée à l'infini, était pleine d'anecdotes, de remarques judicieuses, de faits inattendus. Ce n'était pas la moindre encyclopédie à parcourir dans sa maison. Il contait délicieusement, ayant vu tant d'hommes et de choses, exempt d'ailleurs de pédantisme et ne cherchant pas l'effet. Ce travailleur infatigable qui, chaque matin, abandonnait son domaine, de la vallée aux Loups, acquis en mémoire de Chateaubriand et dont il rapportait des roses pour les belles visiteuses du quai Malaquais, savait donner aux entretiens amicaux des heures entières qu'il faisait brèves et charmantes.

Il était fier de ses enfants. Les beaux livres de son fils Pierre, noble savant et généreux artiste, sur Charles d'Orléans, avec la touchante dédicace : « A mon éditeur aimé, son fils reconnaissant », le comblaient d'un juste orgueil. Et son automne, plein de fruits, s'épanouissait dans cette pure atmosphère de labeur, de tendresse et de beauté.

La mort est venue, entrant « comme un voleur », suivant le mot évangélique. Mardi à cinq heures du matin, il corrigeait encore des épreuves. Une heure et demie après, tout était consommé. Son labeur fut énorme. Il édita, surveilla, corrigea, suscita, la plupart du temps, quelque trois mille volumes, au cours des quarantes années que dura son effort.

Dans cette maison laborieuse, la disparition du maître ne fera pas cesser une minute le travail. Demain, un fils d'Honoré Champion, assis dans le cabinet même de son père, devant la table noire que surchargent épreuves et manuscrits, poursuivra la tâche paternelle, fécondera le noble héritage qu'il a reçu de lui.

Bien longtemps la boutique du quai Malaquais sera l'asile encore des doctes Muses et des beaux entretiens. Il y manquera seulement pour les animer de sa verve amicale, de son rire et de sa bonté, l'homme de bien, l'homme de talent que déplorent à présent tous ceux qui l'ont aimé, tous ceux qui l'ont connu.

Laurent TAILHADE.

(Comœdia).

Il y a trois semaines, la veille de Pâques, exactement, M. Édouard Champion, avec lequel je causais dans sa librairie du quai Malaquais, m'avait présenté à son père. Je pénétrai dans un étroit cabinet encombré de livres, de brochures et de revues, et j'y trouvai, assis sur son fauteuil, un vieillard plein d'amabilité, aux yeux vifs et bons, une petite calotte noire sur ses longs cheveux blancs. Nous causâmes, ou plutôt je n'eus qu'à l'écouter, car il parlait avec plaisir. Les premiers volumes de la belle édition de Stendhal qu'a entreprise son fils avaient paru : il me parla donc de Stendhal, puis, après Stendhal, il me parla de Sainte-Beuve, et, après Sainte-Beuve, de Mérimée, dont il n'estimait pas le caractère, s'il admirait son talent. Je m'en allai charmé ; rien ne m'émeut, et aussi ne me réjouit le cœur, comme d'entendre les souvenirs d'un homme qui a fréquenté les grandes gloires de notre littérature, et qui ranime par sa voix leurs ombres. Je me promettais bien de revenir, quand brusquement le cruel destin enleva M. Champion.

M. Honoré Champion était le dernier, je crois bien, de ces vieux libraires, tout ensemble savants, lettrés et galants hommes, comme les adore et les dépeint Anatole France. C'est par eux que la librairie était autre chose qu'un commerce. En vérité dire, ils l'avaient élevée à la hauteur d'une noble profession et d'un art. Ils ne se souciaient pas tant de vendre beaucoup de livres que de bien connaître ceux qu'ils vendaient, et d'en éditer qui fussent rares par le texte, l'impression, la présentation. Dans les heures de découragement qui, trop nombreuses, traversent la vie, j'ai souvent caressé

le rêve d'avoir dans Paris, sur la rive gauche naturellement,
— car c'est là qu'est le véritable Paris, le Paris du pouvoir
royal, des églises, des écoles, des palais, autour duquel s'est
faite patiemment la France — une librairie, ou dans une
ville ancienne de province, toute chargée de passé, Blois,
Dijon, Tours ou Nancy. J'imaginais des jours monotones et
heureux, entre des murs couverts de livres, les uns brochés,
les autres protégés par de précieuses reliures, et dont aucune
page ne m'était étrangère. J'y recevais le matin, un peu
avant le déjeuner, puis l'après-midi, quand la lumière
s'efface, des visiteurs. Ce n'étaient pas des clients, mais des
amis. Nous causions de littérature, d'édition, même de politique ou de faits-divers. Je les renseignais sur les volumes,
j'écoutais leurs jugements, je profitais de leur goût et de
leur science. Ils m'instruisaient et je les instruisais. Peut-
être aurais-je laissé des mémoires intéressants.

Rêve chimérique! Il n'est plus possible, à notre époque,
de le réaliser. Le luxe des livres est un luxe d'aristocrate, et,
comme dit l'autre, la démocratie coule à pleins bords. Ce
qu'il faut à la démocratie, ce sont des livres bon marché,
populaires, qui durent juste le temps qu'on met à les lire,
et qu'on ne garde pas, mais qu'on jette. Pour aimer les
livres, il faut, de plus, avoir des loisirs. Et, comment aurions-
nous des loisirs, alors que tout, autour de nous, se hâte dans
une espèce de folie? On pouvait lire dans une voiture; comment lirait-on, dans un taxi-auto qui vous secoue, vous
remue, vous assassine? Comment pourrait-on lire, quand
il y a le golf, le cinéma, les thés, les conférences, l'aéro-
plane, le tennis, le tango, les courses de levriers, les
matches de boxe, le métro? La joie de lire ne consiste
pas seulement dans la lecture. Une belle reliure à la cathé-
drale ou à la dentelle, une belle impression avec des
caractères gras et larges, de belles marges, l'exquise sensation
de toucher un beau papier ou un beau maroquin plein,
voilà qui augmente et enrichit le plaisir de lire et en

fait un plaisir de privilégié. Un beau livre donne un plaisir semblable à celui que donne un beau meuble, ou une belle statue, ou un beau morceau d'architecture : c'est une œuvre d'art. C'est ainsi que les libraires d'autrefois concevaient les livres, et c'est pourquoi ils étaient des artistes. Un libraire de ce temps-là ne pouvait pas être un méchant homme : l'amour des livres crée une âme douce, indulgente, sensible.

On m'a conté qu'un auteur de mélodrame, tôt enrichi par ses pièces, se rendit compte qu'il devait posséder une bibliothèque. Il n'en avait pas encore, n'ayant jusqu'alors jamais lu. Notoire, il voulut en avoir une : ainsi un parvenu troquant son logement misérable pour un confortable appartement, commande tout de suite une baignoire. Le libraire auquel il s'adressa ne s'étonna pas, étant lui aussi très moderne. Il lui envoya toute une collection d'œuvres théâtrales, avec quelques Taine, quelques Renan et un Larousse, le tout relié en Bradels uniformes. L'auteur rangea tout cela dans une bibliothèque de chêne achetée du même coup que les livres. L'histoire ne dit pas s'il perdit ses journées à les lire ; et c'est peu probable. Je n'arrive même pas à me figurer la réponse qu'il eût reçue de M. Honoré Champion s'il lui avait soumis une pareille proposition. Pour cet honnête homme, on ne devait acheter les livres que un par un, soigneusement, en réfléchissant, en hésitant, et non pas n'importe quelle édition, mais une édition précise, qu'on pouvait chercher toute une année, plusieurs années sans la découvrir.

On dit qu'il n'y a plus de salons ; et, en effet, comme partout l'on joue au bridge, et que les femmes ne consentent plus à rester chez elles que si l'on y tripote des cartes, il n'y a plus de salon — de salon où l'on cause. Il n'y a plus que des salons où l'on joue, et deux ou trois où l'on se pousse. Ces vieilles librairies étaient des salons, les derniers salons où se rencontrait ce qu'il y avait de plus célèbre dans les lettres et les arts, et où l'on causait. Imaginez ce que devait être le cabinet de M. Honoré Champion, quand s'y réunissaient Victorien Sardou, Mgr Duchesne, Léopold Delisle, M. d'Arbois de Jubainville, M. de Hérédia, Gabriel Hanotaux, Anatole France, le duc de la Trémoïlle. On n'y buvait pas de thé, on n'y mangeait pas de petits gâteaux, mais on y entendait les conversations les plus fécondes, les plus ingénieuses, les plus nourries. Bien des inimitiés ont dû s'y évanouir dans le commerce des livres. Deux êtres ne peuvent se détester quand ils ont entre eux de tels liens. Mais aujourd'hui on entre dans une librairie comme dans un magasin et on prend un volume comme on prendrait un flacon d'odeur. C'est le passant qui est le client, presque toujours ; jadis, c'était l'habitué. Et ils ne sont plus nombreux, ceux qui vont aujourd'hui chez Gougy, chez Emile-Paul chez Rey ou chez Floury, comme nos aînés allaient chez M. Champion.

Il y a un mot charmant de ce grand travailleur : « M. Anatole France, disait-il, commença à devenir célèbre dans les lettres comme je commençais à être un bon libraire. » Il estimait avec raison qu'être un bon libraire c'est aussi difficile et aussi important que d'être un bon écrivain.

Paul ACKER.

(Excelsior).

Un homme de bien, un homme de cœur, un grand honnête homme dans tous les sens du terme vient de mourir, l'éditeur Honoré Champion. Tous les artistes, tous les écrivains, tous les lettrés connaissaient ce vieillard affable et attrayant, dont la belle boutique emplie de livres rares, la *librairie* comme on disait autrefois, était pour eux un lieu de rendez-vous toujours ouvert et où, lorsqu'il n'était pas là lui-même, ou trop harcelé de travail pour vous recevoir, le faisait à sa place son fils Édouard, son successeur de demain.

Par son fils il avait connu tout ce que la jeune génération compte d'espoirs, et il les suivait avec une attention subtile, avertie, étonnante chez ce bibliophile nourri d'une érudition tout antique. Et comme, d'un autre côté, lui-même avait connu les maîtres de sa propre génération et de la suivante, on peut dire qu'il savait tout, se tenait au courant de tout. Il avait une mémoire extraordinaire, une conversation si vive et si jeune ! Je me rappelle encore pour ma part avec quelle gentillesse il savait se mettre à la portée de ma frivolité, comme il daignait s'en amuser... et sans condescendance.

Je pense avec une émotion profonde que je l'avais vu quelques jours à peine avant cette mort surprenante, qu'il m'avait invité à sa table. Il était si plein de santé, de gaieté, d'humour !... Qui aurait pu prévoir ?

Ce fut foudroyant. Mardi, huit avril, à cinq heures du matin, il corrigeait encore des épreuves, et à six heures et demie il n'était plus. Quelle belle et noble fin pour un homme de travail !

Son labeur fut énorme : trois mille volumes dans une carrière de quarante années, tant en livres édités par lui que simplement suscités, conseillés. Il s'intéressait à tout, mais il fallait que ce fût de qualité rare. Des revues comme *Romania, la Revue celtique, le Moyen âge*, le *Recueil de Travaux* de Maspéro, étaient publiés par ses soins. Les érudits lui doivent un nombre considérable de livres précieux. J'ai souvent parlé de quelques-uns, consacrés à la littérature plus moderne. Et prochainement je parlerai des deux premiers volumes de cette admirable édition intégrale et *ne várietur* de Stendhal (Henri Brulard), dont le courageux et allègre savant comptait bien voir se dérouler la série totale de trente-cinq volumes. M. Édouard Champion la continuera seul désormais, ainsi qu'il reprendra les considérables entreprises de toute la maison, sans qu'elles aient été un seul instant interrompues. Certes, il en est capable, lui-même entraîné depuis son adolescence à ces nobles travaux et dans le sillage immédiat de son père. N'importe, il serait lui-même attristé dans son cœur filial si je lui disais que je regarderai désormais sans un regret cette table où il s'asseyait, avec devant lui ces belles roses qu'il rapportait en été, chaque matin, lui-même, de sa maison de campagne et qu'il offrait galamment à ses jolies visiteuses, à Mademoiselle Roggers dont il admirait le talent tragique, à Mademoiselle Diéterle, à d'autres…

Souvent, je n'osais pas entrer, de crainte de le déranger, tant il avait de travail. Et je restais sagement, bavardant à voix basse avec Edouard. Mais il était le premier à deviner ma présence, et il exigeait que je vinsse l'interrompre, et il se mettait à m'interroger, me donnant de précieux conseils, plaisantant comme un jeune homme, ironisant comme un docte humaniste. Je ne pourrai de longtemps oublier de pareils entretiens.

Francis DE MIOMANDRE.

(*L'Art moderne*).

NOTICES

Similigravure F. Bouché.

Photo Dornac.

HONORÉ CHAMPION

1911

M. Honoré Champion, le libraire bien connu, est mort subitement ce matin. Il était âgé de 67 ans.

Au fond de son étroite boutique, coiffé de sa calotte de velours noir, on l'apercevait souvent, le visage plongé dans des paperasses, tel le docteur Faust des estampes. A l'âge de treize ans il avait débuté en librairie, comme petit employé, dans l'ancienne maison Dumoulin, et n'avait depuis lors jamais plus quitté les quais de la Seine.

En 1872, il fondait sa propre maison d'édition et l'installait au numéro 9 du quai Voltaire, dans la boutique du libraire Thibaut, qui était, comme on le sait, le père de M. Anatole France. Plus tard, Honoré Champion aménagea au numéro 5 du quai Malaquais la maison où est encore la librairie Champion, et où tant d'hommes de lettres, d'érudits, de bibliophiles et d'amateurs d'art ont passé. Pendant de longs après-midi, des controverses s'élevaient entre les visiteurs, et le ton des discours était tel à peu près que dans les romans d'Anatole France où M. Bergeret expose avec calme ses idées subtiles.

M. Honoré Champion avait pris, en tant qu'éditeur, une grande part aux derniers travaux de science, de linguistique, de critique, d'histoire littéraire. Il publiait plusieurs grandes revues spéciales. On lui doit notamment la publication d'un *Atlas linguistique de la France* qui est une œuvre considérable.

M. Honoré Champion n'avait pas d'autre décoration que la médaille militaire de 1870.

Il laisse une fille, Mademoiselle Marie Champion, et deux fils, l'historien Pierre Champion et M. Édouard Champion, qui était son collaborateur et qui devient son successeur.

(Le Temps.)

L'éditeur Honoré Champion vient de mourir. C'était un homme profondément érudit et un homme très simple. Les écrivains les plus illustres de ce temps fréquentaient dans sa boutique. Anatole France s'y rencontrait avec Jules Lemaître. Tous portent son deuil et rendent un pieux hommage à sa mémoire. Avec lui, disparaît une figure originale et charmante.

Certes, le libraire d'aujourd'hui diffère beaucoup de celui d'autrefois, qui était un personnage considérable. Pour être admis dans la corporation des libraires, il fallait avoir fait ses preuves de savoir et de goût; il fallait obtenir du gouvernement ce brevet si envié, qui donnait, sous l'ancien régime, le droit de porter l'épée. En province, le logis du libraire était le centre de toute la petite ville. Chaque semaine, au jour d'arrivée des envois de Paris, il y avait grande réunion dans l'officine, et, au fur et à mesure qu'on ouvrait les paquets, chaque ouvrage qui en était retiré faisait l'objet des commentaires les plus variés, et, bien des fois, la possession avant toute autre d'un roman nouveau mettait en froid Madame la présidente et Madame la préfète.

A Paris, le libraire était encore plus puissant, car il était en contact plus étroit avec l'éditeur, avec l'auteur, avec les critiques, avec l'élite des bibliophiles et des lecteurs.

Honoré Champion revit en la personne de ses fils, comme lui savants et aimables.

(Les Annales Politiques et Littéraires).

M. Honoré Champion, l'éditeur bien connu, dont nous avions le regret d'annoncer, hier, la mort comptait parmi les bibliophiles les plus érudits de notre temps et son arrière-boutique était le rendez-vous de tous ceux qui s'intéressent aux beaux livres et aux livres rares. Paul Bourget, Jules Lemaître, Anatole France et bien d'autres y fréquentaient qui étaient les amis de M. H. Champion.

Là s'entassaient des éditions rares, des documents bibliographiques uniques...

Il était savant, affable, obligeant. Né le 13 janvier 1846,

M. Champion débuta dans la librairie à l'âge de 13 ans, fonda en 1874 la Société de l'Histoire de Paris et s'établit d'abord quai Voltaire, avant de se fixer au 5 du quai Malaquais. Il était expert près le tribunal civil de la Seine, libraire de la Ville de Paris, éditeur de la *Romania*, de la *Revue celtique*, de la *Revue des bibliothèques*, du *Moyen Age*, de la *Revue de l'Art chrétien*, du grand *Recueil de travaux Maspéro*, de l'*Atlas linguistique de la France*, de la *Société de l'Histoire de Paris*, de la *Société de l'Histoire de l'Art français* et d'un grand nombre de publications savantes. Sa mort sera un deuil véritable pour l'Institut.

Rappelons que M. Honoré Champion était un ami de la *Gazette* et un de ses lecteurs assidus, comme il avait été un fidèle ami de notre regretté directeur M. Gustave Janicot.

Ses deux fils MM. Pierre et Edouard Champion sont connus tous les deux par d'intéressants et savants travaux littéraires. Le dernier succède à son père dans la direction de la maison d'édition bien connue. Il y était associé depuis quelque temps et s'y est signalé par les plus intéressantes initiatives, telles que la publication de la *Correspondance de Chateaubriand* et de ce *Stendhal* intégral dont toute la presse a parlé avec de si vifs éloges. Par MM. Édouard et Pierre Champion continuera l'éclat d'un nom cher aux bibliophiles et aux lettrés.

(La Gazette de France).

Sylvestre Bonnard doit se désoler. Honoré Champion est mort. Ce libraire était de la vieille école, il aimait non seulement les livres, mais la culture ; il n'aimait point que les beaux textes, il adorait les beaux esprits. C'était un savant dans son art difficile. Il avait contribué aux études historiques en éditant d'érudites revues : la *Revue du Moyen Age*, l'*Art Chrétien*. Il avait fréquenté des hommes illustres, et leur commerce ne l'avait pas fait vaniteux.

Il était simple. Il avait pris, quai Voltaire, la succession de M. Tibault, père d'Anatole France, puis s'était installé quai Malaquais. C'est là surtout que vinrent le duc de la Trémoïlle, Victorien Sardou, Hanotaux, de Hérédia, Mᵍʳ Duchesne, le père Delisle, comme on disait. Et tous lui demandaient des avis. Il était souriant, disert. Il est mort parmi ces livres, tout à coup. C'est la fin heureuse d'une vie paisible, grave : et dont il faudra se souvenir.

Les Treize.

(L'Intransigeant).

Tous les amis des livres que leur passion commune unit dans une grande famille apprendront avec regret le décès subit d'Honoré Champion. Erudit et bibliophile, homme d'esprit et de goût, il était de ces éditeurs qui élèvent leur profession par la mission qu'ils y remplissent. Tous les élèves de l'Ecole des Chartes connaissaient cet homme clairvoyant et aimable en qui beaucoup avaient trouvé un ami en même temps qu'un conseiller.

Sa grande passion était *Chateaubriand*, comme *Stendhal* paraît être celle de son fils, Edouard, tandis que son autre fils, Pierre, s'intéresse plutôt à certains vieux auteurs français : *Charles d'Orléans*, *François Villon*...

Heureux père, qui connut le bonheur d'associer aux plaisirs de son intelligence, en même temps qu'aux joies de son cœur, deux fils dignes de continuer son œuvre.

Lector.

(La Libre Parole).

C'était une physionomie bien personnelle que celle du vénéré libraire qu'on enterre aujourd'hui : Honoré Champion était le parfait continuateur des Sébastien Gryphe et des Elzévir. Petit commis arrivé sans diplômes scolaires, par sa haute et lucide intelligence, par sa curiosité universelle si largement ouverte sur le champ de l'histoire, il créa, par ses éditions, l'un des foyers les plus lumineux du xixᵉ siècle. Il aimait les beaux livres, mais il se faisait surtout orgueil de pousser par le monde de ces livres, dont la beauté est toute intellectuelle. Son choix l'inclinait vers toute œuvre qui correspondait au culte de nos grandes traditions. C'était un Français de vieille roche qui opposait aux entreprises du cosmopolitisme un solide et clair bon sens. A ce veston bleu, boutonné jusqu'au col, qu'on lui a toujours connu, il n'aura jamais attaché qu'un ruban, celui qu'il avait mérité en faisant son devoir, l'année terrible. On conte à ce propos un trait intéressant. Après la guerre, il alla en congé à Metz. On vendait à l'encan la bibliothèque de l'Ecole militaire ; il avisa son patron, négocia discrètement et, après mille difficultés et autant de ruses, ramena en France ces livres qui ont formé le fonds de l'Ecole militaire de Fontainebleau. Or, dans cette collection précieuse, achetée à vil prix, sous le nez des Allemands, se trouvaient *les manuscrits de Vauban*.

Et le bon Champion riait de tout son cœur, quand il racontait le bon tour que son patriotisme avait joué, ce jour-là, à l'orgueilleux vainqueur.

(*L'Eclair*).

Honoré Champion, le libraire-éditeur parisien bien connu, vient de mourir subitement, à la suite d'une embolie au cœur, à l'âge de soixante-sept ans.

Il avait débuté dans la carrière comme simple apprenti, à l'âge de treize ans. Il y acquit son bâton de maréchal par ses éditions d'art et d'ouvrages de sciences historiques.

Sa maison d'édition et de librairie est depuis de longues années installée sur le quai Malaquais, à côté de l'hôtel du maréchal d'Humières, où, d'après Saint-Simon, on voyait tout ce qu'il y avait de plus grand à la cour et à la ville, même les princes du sang. La maison elle-même, où Honoré Champion était installé, abritait sous la Restauration le célèbre Alexandre de Humboldt, l'illustre écrivain et voyageur.

Le cabinet d'Honoré Champion donnait sur la cour de cet hôtel, habité par Humboldt. C'était aussi bien un salon littéraire qu'un cabinet d'éditeur. Souvent on s'y serait cru dans un de ces cénacles d'il y a trente et quarante ans, comme ceux de nos regrettés et érudits confrères Loudun,

Victor Fournel, Charles d'Héricault. Tout comme chez eux,
on rencontrait chez Honoré Champion de nombreux
hommes de lettres ; ils sont presque tous morts aujourd'hui,
et beaucoup d'entre eux faisaient autorité dans les lettres et
les sciences historiques.

Champion avait donné un grand développement à sa
maison de librairie et d'édition ; il publia un grand nombre
d'ouvrages d'histoire et d'archéologie, et des collections
savantes. Sous ce rapport, il était le digne rival des grandes
maisons d'édition de Londres, Vienne, Leipzig, Heidelberg,
Milan, etc., et connu comme tel dans le monde des lettrés,
des savants, des érudits.

Champion collaborait parfois au plan et à la composition
des ouvrages et collections édités par sa maison ; par là il
mérite une place non seulement parmi les éditeurs de
renom, mais aussi parmi les hommes de lettres.

H.-G. Fromm.

(*L'Univers* et *Le Monde.*)

Le nombre des amis qui ont tenu à accompagner Honoré
Champion à sa dernière demeure a été considérable. La
vieille église de Saint-Germain des Prés était comble. Le
service religieux a été écouté au milieu de la plus profonde
émotion. Le cercueil disparaissait littéralement sous les fleurs
et les couronnes.

Qui a connu Honoré Champion ne pourra se souvenir de
lui sans regrets et sans mélancolie. Nous avions l'honneur
d'être de ses amis. Il nous souvient combien il était affable
et avec quelle courtoisie il nous recevait. Ce savant
se mettait aussitôt à votre portée, vous conseillait judicieuse-
ment, vous mettait à l'aise et faisait votre conquête en quelques instants.

C'est un grand malheur pour les siens, pour ses amis et
pour les lettres.

Honoré Champion se vantait volontiers de l'amitié de
divers académiciens. Ces derniers se vantaient de l'amitié
d'Honoré Champion.

Il laisse deux fils : Edouard et Pierre. Tous les deux continueront la tradition de la maison. Il laisse dans l'affliction deux charmantes femmes : sa femme et sa fille Marie. Elles auront à conserver le souvenir de celui qui fut un homme de bien, un érudit, un bon père, un ami affectueux et un brave homme.

A. HAMM.
(Le Soleil).

Avec Honoré Champion disparaît un des derniers représentants de la librairie française : il en possédait les traditions et les mœurs aimables. Il s'était, en effet, établi dans un temps où il y avait encore des libraires et nous ne connaissons plus guère aujourd'hui que des marchands de livres. Le libraire était un peu le collaborateur et l'ami de ses clients : et c'est bien comme un confrère, un collègue que le considéraient ces philologues, ces membres de l'Académie des Inscriptions et Belles-Lettres qui se réunissaient le vendredi, au sortir de l'Institut, dans sa boutique du quai Malaquais. Ils avaient mis maintes fois à l'épreuve sa culture étonnante.

*
* *

Le duc d'Aumale tenait la science et le caractère d'Honoré Champion en particulière estime et il ne cessa de lui témoigner de la bienveillance. Un jour il le fit appeler et lui dit : « Champion, une jeune fille qui appartient à une grande famille et qui va bientôt venir en France, souhaiterait avoir un cicerone pour visiter nos musées, nos bibliothèques, nos grandes collections... Elle s'appelle Mademoiselle Hesse : c'est tout ce que je puis vous dire. Accepteriez-vous d'être son guide ? » Champion se mit à la disposition de la mystérieuse voyageuse qui disparut au bout de quelques semaines, non sans avoir remercié l'érudit libraire.

Plusieurs années se passèrent et Honoré Champion n'entendit plus parler de Mademoiselle Hesse.

Lorsque l'impératrice de Russie vint en France, elle se

rendit à l'Institut et passa sur le quai Voltaire. De sa boutique, le vieux libraire regardait passer le cortège. Quelle ne
fut pas sa stupéfaction lorsqu'il vit l'impératrice lui adresser
un salut de la main et un aimable sourire. « Mais c'est
Mademoiselle Hesse, s'écria Champion, et Mademoiselle Hesse,
c'est l'impératrice ! »

C'était bien, en effet, de la grande-duchesse de Hesse dont il
avait été le cicerone quelques années auparavant.

(L'Opinion).

L'excellent éditeur Honoré Champion vient de mourir.
C'est une des plus sympathiques et des plus originales figures
de Paris qui disparaît.

Ce vieux libraire du quai Malaquais, dans le demi-jour,
au fond de sa boutique, faisait l'effet d'un Rembrandt. Sous
sa calotte de soie, d'où s'échappaient ses vénérables boucles
grises, son visage spirituel et souriant aurait séduit un
peintre. Un artiste, M. Édouard Fournier, a d'ailleurs exposé
dernièrement son portrait au Salon.

La veille des élections académiques, la petite librairie était
en rumeur. Les Immortels s'y rencontraient. C'était au milieu
des Elzévirs, des Estienne et des Alde Manuce, que ces
Messieurs venaient débattre la répartition de leurs suffrages.

Honoré Champion savait presque toujours d'avance quel
serait le résultat des scrutins. Mais il était la discrétion
même et nul ne lui aurait arraché la révélation d'un
secret.

Il meurt au moment où il venait de commencer une de
ses plus belles publications : les œuvres complètes de
Stendhal.

Il a du moins la consolation de laisser deux fils dignes
de lui : Pierre, le savant historien de Charles d'Orléans, et
Édouard, qui, succédant à son père, est aujourd'hui le plus
jeune éditeur de Paris.

(Le Cri de Paris).

M. Honoré Champion, qui vient de mourir soudainement, était une des physionomies les plus curieuses de notre arrondissement ; à ce titre le *Journal du Sixième* lui doit une notice spéciale.

Etabli depuis plus de quarante ans ici, il avait mené sa librairie à la plus belle renommée littéraire. Nos confrères quotidiens ont dit à quel degré il avait l'amour des lettres, et aussi quelle fut sa probité et sa scrupuleuse conscience. Connaisseur et artiste, il ne voulait pas que de chez lui sortissent de ces livres mal soignés dont le papier et la typographie éloignent l'homme de goût. Aussi lui doit on de merveilleuses éditions telles que la *Correspondance de Chateaubriand* ou, la dernière en date, celle de ces jours-ci : la *Vie de Henri Brulard*, de Stendhal, qui paraît au moment où renaît la gloire de l'auteur du *Rouge et le Noir*.

Oui, comme on l'a dit, c'est à sa petite table de travail, dans son cabinet attenant à sa librairie du quai Malaquais qu'il fallait voir M. Honoré Champion pour avoir idée de l'homme tout épris de son art, qu'il était. Et quel charmant causeur ! il n'y avait qu'à l'écouter quand, vous connaissant, il se mettait à rappeler devant vous ses souvenirs. Il m'en a conté quelques-uns notamment sur l'histoire de notre arrondissement qu'il connaissait à fond, et ce sera un des plaisirs de ma vie de modeste journaliste d'avoir entendu à diverses reprises cet homme savant et fin.

Toutes les manifestations de l'esprit retenaient l'attention de M. Honoré Champion. C'est ainsi qu'il déplorait que la séparation des Eglises et de l'Etat eût eu, parmi ses conséquences, celle de rendre plus rares les belles auditions des grands maîtres de la musique religieuse. A ce propos, je puis citer un trait délicat qui n'est pas connu ; pour permettre de préparer de beaux offices, aux jours de fête, il se plaisait à aider discrètement certain maître de chapelle d'une des paroisses de notre arrondissement. La plus récente coopération est d'hier, du jour de Pâques.

M. Champion ne se vantait d'ailleurs pas de ses bonnes actions qui étaient nombreuses...

L'éminent libraire s'en va, à soixante-sept ans, laissant

derrière lui d'immenses regrets. Les gens pieux, dont M. Champion partageait les croyances, lui doivent le suffrage que celles-ci leur prescrivent.

Ch. L.

(Journal du Sixième).

On nous écrit de Paris : L'éditeur Honoré Champion est décédé hier à l'âge de 67 ans. C'était plus qu'un homme d'affaires, car il ne se contentait pas de faire imprimer des manuscrits et de vendre des livres. C'était un artiste dans sa profession, qui prenait le plus grand intérêt aux ouvrages qu'il éditait.

Il avait su faire de sa boutique du quai Malaquais un salon de conversation où les premiers écrivains de France, notamment les historiens, venaient volontiers passer une heure. Anatole France était un des plus fidèles ; cela lui rappelait sans doute son enfance, car avant de venir au quai Malaquais, Honoré Champion avait occupé pendant vingt ans l'ancienne boutique du libraire Thibaut, le père d'Anatole France.

Champion était passé par la filière ; il avait commencé comme apprenti chez l'éditeur Dumoulin qui l'envoyait souvent porter des livres chez le célèbre critique Sainte-Beuve ; et Sainte-Beuve faisait ranger sa bibliothèque par ce gamin à la mine éveillée. Devenu son propre maître, Champion s'occupa principalement de la littérature ayant trait à l'histoire. Il éditait les revues périodiques de différentes sociétés et s'intéressait particulièrement à la Bretagne dont il édita à nouveau les vieilles légendes.

L'aimable vieillard m'a raconté à moi-même, il n'y a que quelques mois, qu'il était venu jadis à Berlin pour obtenir l'autorisation de traduire et d'éditer les discours de Guillaume II, autorisation qui lui avait été d'ailleurs refusée.

On ne pourra manquer de citer le nom d'Honoré Champion lorsqu'on parlera de l'Art du Livre français de l'époque actuelle. Ses éditions, en effet, étaient ce qui se

faisait de mieux à Paris. Il savait que la condition primor-
diale d'un beau livre est la qualité irréprochable du papier
et la netteté de l'impression.

Le mouvement moderne de l'art appliqué ne tenait pas
assez compte de la valeur esthétique des matières premières.
Dans cet ordre d'idées, les dernières œuvres éditées par
Champion, telles que Rabelais, la Correspondance de Chateaubriand, la collection des œuvres de Stendhal, sont
devenues le prototype de l'Art du Livre à Paris.

La maison d'éditions passe à M. Édouard Champion qui
est un fin lettré, et qui participait lui-même depuis longtemps aux travaux de son père.

(Gazette de Francfort).

Il vient de mourir à Paris un homme qui n'a pas connu
les joies de la grande notoriété, mais qui, dans des milieux
restreints, possédait l'estime entière de ceux qui le connaissaient. Je veux parler du libraire Honoré Champion,
dont tous les journaux retracent avec de justes éloges la
carrière laborieuse et modeste. Dans ces notices nécrolo-
giques un détail est remarquable. On signale qu'Honoré
Champion, qui meurt à 67 ans, n'avait jamais reçu de distinction honorifique. Les promotions de janvier et de juillet
l'avaient oublié pendant un demi-siècle ; et comme il ne son-
geait pas à se rappeler à elles, d'autres élus avaient pris la
place qu'il eût occupée aussi dignement qu'eux et même
plus. Ce vieillard qui avait débuté à Paris comme petit commis de librairie et qui s'était donné à lui-même une large
et haute culture, cet érudit souriant que tous les savants
français et étrangers traitaient en égal et en ami, a été tenu
à l'écart par son désintéressement même des distinctions
honorifiques dont nos compatriotes se montrent si friands.

N'est-il pas fâcheux que de tels oublis soient si fréquem-
ment constatés ? Il y a quelque temps, un physicien, professeur de notre Université, recevait la croix de la Légion d'honneur parce qu'il avait, la semaine d'avant, reçu le prix
Nobel. Il avait fallu que justice lui fût rendue en Scandinavie

pour que le gouvernement de son pays s'aperçût de son existence. La carrière d'Honoré Champion offre matière à une réflexion du même genre et conduit à cette conclusion, qu'on a dans la vie tant l'occasion de formuler : c'est qu'il serait salutaire que les récompenses allassent quelquefois à ceux qui les méritent plutôt qu'à ceux qui les sollicitent ?

(*Le Progrès de Lyon*).

C'était une figure parisienne et qui n'était pas connue qu'à Paris.

Le libraire Honoré Champion avait à Saint-Quentin de vieilles relations et de fidèles clients.

C'était un homme complaisant, savant et un bon chrétien.

Il était le correspondant de la Société académique et tint à ce que son nom figurât plus d'une fois, en qualité d'éditeur, sur les grandes publications de la Société, tel « Le Mistère de Saint-Quentin » de M. Henri Chatelain.

Au fond de son étroite boutique, coiffé de sa calotte de velours noir, on l'apercevait souvent, le visage plongé dans des paperasses, tel le docteur Faust des estampes. A l'âge de treize ans, il avait débuté en librairie, comme petit employé, dans l'ancienne maison Dumoulin, et n'avait depuis lors, jamais plus quitté les quais de la Seine.

En 1872, il fondait sa propre maison d'édition et l'installait au numéro 9 du quai Voltaire, dans la boutique du libraire Thibaut, qui était, comme on sait, le père de M. Anatole France. Plus tard, Honoré Champion aménagea au numéro 5 du quai Malaquais la maison où est encore la librairie Champion et où tant d'hommes de lettres, d'érudits, de bibliophiles et d'amateurs d'art ont passé. Pendant de longs après-midi, des controverses s'élevaient entre les visiteurs, et le ton des discours était tel à peu près que dans les romans d'Anatole France où M. Bergeret expose avec calme ses idées subtiles.

M. Honoré Champion avait pris, en tant qu'éditeur, une grande part aux derniers travaux de science, de linguistique, de critique, d'histoire littéraire. Il publiait plusieurs grandes revues spéciales. On lui doit notamment la publication d'un *Atlas linguistique de la France* qui est une œuvre considérable.

M. Honoré Champion, qui était un sage, n'avait pas d'autre décoration que la médaille militaire de 1870.

(Journal de Saint-Quentin.)

On vient de nous annoncer la mort de M. Honoré Champion. A cette nouvelle, les amis des livres ne pourront se défendre d'une certaine émotion.

En effet, M. Honoré Champion était un des libraires les plus distingués de Paris, et certes il aida puissamment à la propagation des œuvres d'érudits et de littérateurs.

A force de travail, d'énergie et d'intelligence, il était arrivé à faire de sa librairie une des premières de France ; et lorsqu'un volume portait sa firme, on était sûr qu'il méritait d'être lu.

En 1874, M. Honoré Champion fonda la fameuse Société de l'Histoire de Paris, dont il éditait les bulletins et les documents. Il publiait en outre de très nombreuses revues savantes.

Notons aussi que son cabinet du quai Malaquais était le rendez-vous de nos grands hommes de lettres : on y voyait Anatole France, Mgr Duchesne, M. Hanotaux, M. de Hérédia et bien d'autres encore.

C'est à soixante-sept ans, que la mort vient brutalement interrompre cette vie de travail et de probité qui pencha, « toujours un peu à droite, du côté de l'Eglise et même du Roi », selon l'expression de Charles Maurras.

Avec M. Honoré Champion, disparaît un grand ami des livres, qui sera regretté par plus d'un bibliophile.

(La Gazette du Centre.)

Nous avons le regret d'apprendre le décès de M. Honoré Champion, notre collègue, qui s'est éteint le 8 avril à l'âge de soixante-sept ans.

Expert près le tribunal civil de la Seine, il était connu de tous les bibliophiles pour sa compétence indiscutable, qui lui avait valu l'estime et l'amitié du regretté Léopold Delisle.

C'est une intéressante figure de libraire qui disparaît.

Nous adressons à sa famille l'expression de nos sentiments de respectueuse condoléance.

(*Bibliographie de la France. Journal général de l'Imprimerie et de la Librairie.*)

TABLE

Discours prononcés au cimetière Montparnasse

Articles

Notices

Portraits

Imprimerie F. PAILLART.

www.ingramcontent.com/pod-product-compliance
Lightning Source LLC
Chambersburg PA
CBHW060431260626
47161CB00005B/1881